21 世纪机电专业规划教材

U0095521

工 程 制 图

主 编　潘　锲　黄　燕

副主编　刘新柱　张耀宇　王艳凤

李　东　黄嘉宁

主　审　魏天路

哈尔滨工业大学出版社

内 容 简 介

本书是 21 世纪机电专业规划教材。本书在内容上尽力做到深入浅出、详实具体、通俗易懂,所选的例题兼顾了不同学时的要求,拓宽了教材的适用面。本书全部采用我国最新颁布的《机械制图》与《技术制图》等国家标准。与本书配套的《工程制图习题集》同时出版。

全书共分 10 章及附录,主要内容包括制图的基本知识与技能;点、直线、平面的投影;基本几何体;组合体的视图;轴测图;机件的常用表达方法;标准件与常用件;零件图;装配图;计算机绘图的基本知识等。

本书可作为高等院校机械类和近机械类各专业工程制图课程的教材,也可供高职、夜大、函授大学和有关专业岗位培训使用。

图书在版编目(CIP)数据

工程制图/潘锶等主编. —哈尔滨:哈尔滨工业大学出版社,2007.12

(含习题集)

ISBN 978-7-5603-2612-2

Ⅰ.工…　Ⅱ.潘…　Ⅲ.工程制图 – 高等学校 – 教材

Ⅳ.TB23

中国版本图书馆 CIP 数据核字(2007)第 164393 号

责任编辑　许雅莹
封面设计　卜秉利
出版发行　哈尔滨工业大学出版社
社　　址　哈尔滨市南岗区复华四道街 10 号　邮编 150006
传　　真　0451 – 86414749
网　　址　http://hitpress.hit.edu.cn
印　　刷　黑龙江省地质测绘印制中心印刷厂
开　　本　787 mm × 1092 mm　1/16　印张 19.625　字数 454 千字
版　　次　2008 年 1 月第 1 版　2008 年 1 月第 1 次印刷
书　　号　ISBN 7 – 5603 – 2612 – 2
定　　价　37.80(含习题集)

21世纪机电专业规划教材

编写委员会名单

总　序

　　"机电一体化"技术就是加工制造业为了适应现代生产环境及市场的动态变化,将微电子技术、计算机技术、信息技术、自动控制技术综合应用于制造加工生产全过程的一批高新复合技术群。21世纪中国将需要一大批掌握先进控制技术,能从事数控机床、加工中心、智能机器人以及其他新型机电一体化技术和产品的设计、安装、调试、操纵、编程与开发的高级复合应用型创新技术人才。按照人事部最新统计预测,"机电一体化"专业技术人才是我国今后几年急需紧缺的八大最热门专业人才之一。因此,加大机电专业的学科建设和人才培养迫在眉睫。

　　目前的机电专业呈现出两大特点:首先是机电专业的技术知识发展迅速。由于激光技术、模糊技术和信息技术的融入,使机电专业的知识领域向周围各领域扩展,形成许多新的边缘科学知识。其次是对专业技术能力的要求不断提高。

　　本系列教材从培养学生的技术应用能力、自我学习能力和实践能力出发,贯彻现代教育思想,遵循理论为技术应用服务的原则,突出专业教育特点,进行有效的课程整合,结合实践教学的条件积极编写教材,以适应教学模式,由现在的理论教学型向边教学、边实践工学结合型的施教模式转化。教材编写过程中,得到了各院校领导及一线教师的大力支持,在此一并表示感谢。

　　由于稿件编写时间有限,以及编者对知识的把握程度有限,所以,书中难免有所疏漏,敬请读者给予批评指正。

教材编委会

2007 年 7 月

前　言

　　《工程制图》是用正投影法绘制和阅读工程图样的一门基础学科。我国各工科院校都将《工程制图》作为工程类各专业必修的一门技术基础课程,是机电类课程规划教材之一。

　　本书是依据国家教育部审定的工程制图课程基本要求编写的,具有以下特点。

　　(1)《工程制图》作为一门专业基础课,将学生在今后的实践中可能接触到的产品零件图纳入到教材中。

　　(2)突出画图、看图能力的培养,这是编写本书的主线。为此,我们将知识在宏观上构建起框架,从微观上穿针引线,将其编织成网,以形成严密的体系。自投影作图起,即以"必需够用"的基础理论为指导,以"左右逢源"的轴测图为媒介,以"空间"、"平面"相互转化为依托,将"画图、看图结合在一起",以使学生在学习伊始即走上正确的学习之路。进而以符合逻辑的递进层次,以适时引入的有效方法,以形式多变、富有启发性的贴切习题相配合,力求使学生把握住开启画图、看图之门的两把钥匙,以对其能力的培养真正起到强化的作用。

　　(3)注重学生实用技能的训练。在教材的相关部分章节介绍了徒手绘制草图的方法和步骤,增强了学生在现场绘制草图的能力。

　　(4)计算机绘图已经在各个工厂、院校和科研单位全面普及,所以在计算机绘图一章,以工程图样为例,简明扼要地叙述了 AutoCAD 2005 的绘图过程,使读者能较快地掌握计算机绘图知识。

　　(5)本书的配套习题集,精选了不同类型的练习,并注重在难度上的循序渐进,便于教师和学生的使用。

　　本书由佳木斯大学潘锲和黑龙江八一农垦大学黄燕任主编,佳木斯大学刘新柱、平顶山学院张耀宇、辽宁机电职业技术学院王艳凤、黑龙江农垦农业职业技术学院李东、广州康大职业技术学院黄嘉宁任副主编。本书第1、2、10章由佳木斯大学潘锲编写,第3、4、5章由黑龙江八一农垦大学黄燕编写,第6章由佳木斯大学刘新柱编写,第7章由平顶山学院张耀宇编写,第8章由辽宁机电职业技术学院王艳凤编写,第9章由黑龙江农垦农业职业技术学院李东编写,附录由广州康大职业技术学院黄嘉宁编写,同时感谢广州康大职业技术学院赵占鳌老师和浙江林学院刘建军老师在统稿和编校过程中所作的工作。由佳木斯大学魏天路老师担任主审工作,魏天路老师对本书进行了认真审查,并提出了一些宝贵的修改意见和建议,在此表示衷心的感谢。

　　限于编者的水平,且时间比较仓促,书中难免有不足之处,恳请读者及同仁批评指正。

编　者

2007 年 8 月

目　录

第1章 工程制图基本知识与技能

1.1 国家标准的基本规定

图样是工程界的共同语言,为了便于指导生产、技术管理和同国外进行技术交流,国家技术监督局发布了国家标准《机械制图》与《技术制图》,它对图样的内容、格式和表达方法等都作了统一规定,绘图时必须严格遵守。本节将简要介绍该标准中的图纸幅面、比例、字体、图线和尺寸标注等,其他内容将在后面有关章节中叙述。

我国颁布实施的有关制图的国家标准(简称国标或"GB/T"),是有关各行业必须共同遵守的基本规定,是绘图和读图的基本准则。学习制图必须严格遵守国家标准,树立标准化的观念。

1.1.1 图纸幅面和格式(GB/T 14689—1993)[①]

1.图纸幅面尺寸

为便于使用和保管图纸,图样应绘制在一定的幅面和格式的图纸上,图纸幅面分基本幅面和加长幅面两种。在绘图时应优先采用基本幅面,见表 1.1,基本幅面的图纸分 A0 ~ A4 五种,A0 幅面面积为 1 m²。A1 幅面为 A0 幅面的一半(以长边对折裁开),A2 ~ A4 幅面以此类推。

表 1.1 基本幅面尺寸   mm

幅面代号	A0	A1	A2	A3	A4
$B \times L$	841 × 1 189	594 × 841	420 × 594	297 × 420	210 × 297
e	20			10	
c	10			5	
a	25				

注:表中 B、L、e、c、a 如图 1.1 和 1.2 所示。

2.图框格式及标题栏

(1)图框格式

每张图纸在绘图前都必须先画出图框,图框线用粗实线。图框有两种格式,一种是不留装订边,另一种是留有装订边。不留装订边的图纸,其图框格式如图 1.1 所示,宽度 e 可依幅面代号从表 1.1 查出。留有装订边的图纸,其图框格式如图 1.2 所示,装订边宽度 a 和 c 可依幅面代号从表 1.1 查出(一般采用 A4 幅面竖装或 A3 幅面横装)。

---

① GB/T 表示推荐性国家标准,14689 为标准编号,1993 表示此标准于 1993 年由国家质量技术监督局批准。

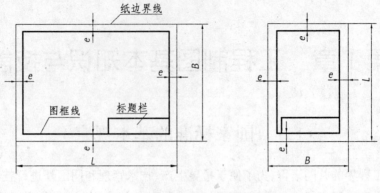

图 1.1　不留装订边的图框格式

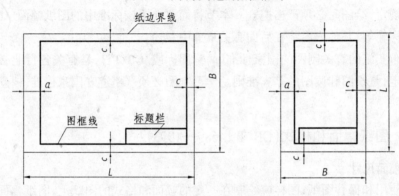

图 1.2　留装订边的图框格式

(2)标题栏

标题栏位于图纸的右下角,每张图纸都必须画出标题栏。国标规定的标题栏的尺寸与格式如图 1.3 所示,学生参考选用的标题栏格式如图 1.4 所示。

图 1.3　国标规定的标题栏格式

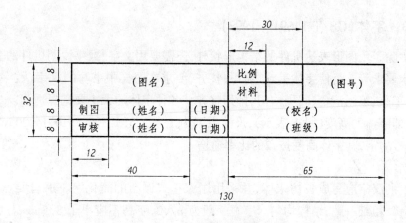

图 1.4　学生参考选用的标题栏格式

1.1.2　比例(GB/T 14690—1993)

图样中的图形与其实物的相应要素的线性尺寸之比,称为比例。需要按比例绘制图样时,应在表 1.2 规定的系列中选取适当的比例。特殊情况,允许选用表 1.3 的比例。

表 1.2　一般选用的比例(n 为正整数)

原值比例	1:1
缩小比例	(1:1.5)　　1:2　　(1:2.5)　　(1:3)　　(1:4)　　1:5　　(1:6) $1:1 \times 10^n$　　($1:1.5 \times 10^n$)　　$1:2 \times 10^n$　　($1:2.5 \times 10^n$)　　($1:3 \times 10^n$) ($1:4 \times 10^n$)　　$1:5 \times 10^n$　　($1:6 \times 10^n$)
放大比例	2:1　　(2.5:1)　　(4:1)　　5:1　　$1 \times 10^n:1$　　$2 \times 10^n:1$ ($2.5 \times 10^n:1$)　　($4 \times 10^n:1$)　　$5 \times 10^n:1$

表 1.3　特殊情况选用的比例(n 为正整数)

种　　类	比　　例	
放大比例	4:1 $4 \times 10^n:1$	2.5:1 $2.5 \times 10^n:1$
缩小比例	1:1.5　　　1:2.5　　　1:3　　　1:4　　　1:6 $1:1.5 \times 10^n$　　$1:2.5 \times 10^n$　　$1:3 \times 10^n$　　$1:4 \times 10^n$　　$1:6 \times 10^n$	

比例一般应标注在标题栏的"比例"一栏内,必要时,可标注在视图名称的下方或右侧。不论采用何种比例,图形中所标注的尺寸数值必须是实物的实际大小,与图形的大小无关。同一机件的各个视图一般采用相同的比例,并需在标题栏的比例栏中写明采用的比例,如1:1。当同一机件的某个视图采用了不同比例绘制时,必须另行标明所用比例。

1.1.3 字体(GB/T 14691—1993)

图样中除了用图形表达机件的结构形状外,还需要用文字、数字说明机件的名称、大小、材料和技术要求等。为使字体美观、易写、整齐,要求在图样中书写的汉字、数字、字母必须做到:字体工整、笔画清楚、间隔均匀、排列整齐。各种字体的大小要选择适当。

字号,即字体的高度(用 h 表示),尺寸系列为 1.8,2.5,3.5,5,7,10,14,20 mm。若要书写大于20号的字,其字体高度按$\sqrt{2}$的比率递增。

1. 汉字

图样上的汉字应写成长仿宋体,并采用国家正式颁布的简化字。书写要点是:横平竖直、起落有锋、粗细一致、结构均匀。字宽一般为 $h/\sqrt{2}$,字高不应小于 3.5 mm。长仿宋体汉字示例如图 1.5 所示。

<big>字体工整 笔画清楚 间隔均匀 排列整齐</big>

图1.5 汉字仿宋体(1号)

2. 数字和字母

数字和字母分 A 型和 B 型两种字体。A 型字体笔画宽度为字高的 1/14,B 型字体笔画宽度为字高的 1/10。

数字和字母可写成斜体或直体,斜体字字头向右倾斜,与水平呈 75°,但在同一图样上只允许选用一种型式的字体,如图 1.6 所示。书写时不能潦草,笔画应保持粗细一致并成等线体,字体在图中的应用如图 1.7 所示。

ABCDEFGHIJKLMN 0 1 2 3 4 5 6 7 8 9

abcdefghijklmn 0 1 2 3 4 5 6 7 8 9

图1.6 字母和数字示例

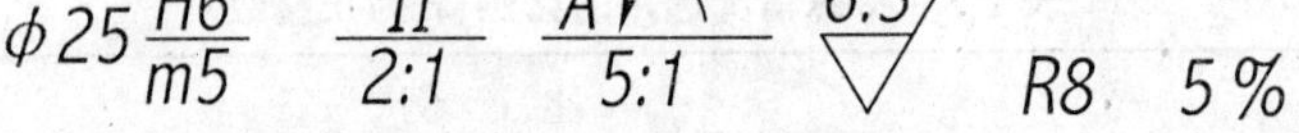

$\phi25\dfrac{H6}{m5}$ $\dfrac{II}{2:1}$ $\dfrac{A}{5:1}$ $\dfrac{6.3}{\bigtriangledown}$ $R8$ 5%

图1.7 字体在图中的应用

1.1.4 图线(GB/T 17450—1998,GB/T 14665—1998,GB/T 4457.4—2002)

1.图线的形式和应用

国家标准《技术制图》中规定了 15 种基本线型。在机械图样中采用粗细两种线宽,它们之间的比例为 2:1,设粗线的线宽为 d,d 应在 0.25、0.35、0.5、0.7、1、1.4、2 mm 中根据图样的类型、尺寸、比例和缩放复制的要求确定,优先选择 $d = 0.5$ mm 或 0.7 mm。机械工程图样中图线的名称、代码、线型一般应用以及应用示例,可查阅 GB/T 4457.4—2002。各种图线的名称、线型、线宽和主要用途见表 1.4,线素的长度见表 1.5,各种图线在图样上的应用,如图 1.8 所示。

表 1.4　图线

线型 No		图线形式	图线名称	图线宽度	应用举例
01	实线	──────────── d	粗实线	d	①可见轮廓线 ②可见过渡线
		────────────	细实线	约 $d/2$	①尺寸线及尺寸界线 ②剖面线 ③重合断面的轮廓线 ④螺纹的牙底线及齿轮的齿根线 ⑤引出线 ⑥分界及范围线
		～～～～～～	波浪线	约 $d/2$	①断裂片的边界线 ②视图和剖视的分界线
		∿∿∿∿	双折线	约 $d/2$	断裂处的边界线
02		── ── ── ──	虚线	约 $d/2$	①不可见轮廓线 ②不可见过渡线
04		──── · ──── · ────	细点画线	约 $d/2$	①轴线 ②对称线和中心线 ③齿轮的节圆和节线
		▬▬ ▬ ▬▬ ▬ ▬▬	粗点画线	d	有特殊要求的表面表示线
12		──── ·· ──── ·· ────	双点画线	约 $d/2$	①相邻辅助零件的轮廓线 ②极限位置的轮廓线 ③假想投影轮廓线 ④中断线

表 1.5　线素的长度

线素	线型 No	长度
点	04 ~ 07,10 ~ 15	$\leqslant 0.5d$
短间隔	02,04 ~ 15	$3d$
短画	08,09	$6d$
画	02,03,10 ~ 15	$12d$
长画	04 ~ 06,08,09	$24d$
间隔	03	$18d$

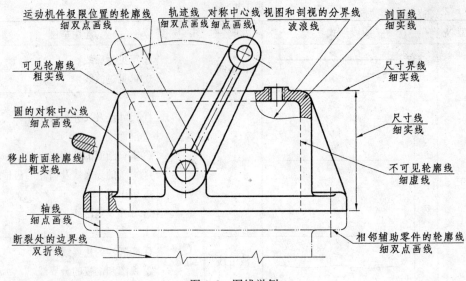

图 1.8　图线举例

2.图线画法规则

(1)一张图纸中同类的图线宽度应保持基本一致。虚线、点画线及双点画线的线段长和间隔应大致相等。

(2)两平行线(含剖面线)之间的距离应不小于粗实线的两倍宽度,其最小距离不得小于 0.7 mm。

(3)绘制图样的对称中心线时,对称中心应为两对称线长画线的交点。细点画线、粗点画线和细双点画线的首末两端应是线段而不是点,超出图形轮廓线长度约为 3～5 mm。

(4)在绘制较小的图形时,如绘制细点画线或细双点画线有困难,则可用细实线来代替。

3.图线的尺寸

尺寸是图样中的主要内容之一,是制造零件的直接依据,也是图样中指令性最强的部分。国家标准规定,所有线型的图线宽度应按图样的类型和尺寸大小在下列数系中选择: 0.13,0.18,0.25,0.35,0.5,0.7,1,1.4,2 mm。为了保证图样清晰、易读和便于缩微复制,应尽量避免在图样中出现宽度小于 0.18 mm 的图线。

1.1.5　尺寸标注法(GB/T 4458.4—2003,GB/T 16675.2—1996)

1.基本原则

(1)机件的真实大小以图样上所标注的尺寸数值为准,与图形的大小、绘图比例及绘图的准确度无关。

(2)如果图样中(包括技术要求和其他说明)的尺寸以 mm 为单位,不需标注计量单位的符号或名称。如采用其他单位,则必须注明相应的计量单位的符号或名称。

(3)图样中所标注的尺寸,一般是指该图样所示机件的最后完工尺寸,否则必须另加说明。

(4)机件的每个尺寸,一般只标注一次,并应标注在反映该结构形体特征的图形上。

2.常用的尺寸标注法

一个完整的尺寸,一般由尺寸界线、尺寸线、尺寸线终端和尺寸数字 4 个要素组成。尺寸标注规则见表 1.6。

表 1.6 尺寸标注规则

项目	说　明	图　例
尺寸界线	①尺寸界线用细实线绘制,也可以用中心线或轮廓线作尺寸界线	可用轮廓线作为尺寸界线 中心线作尺寸界线
	②尺寸界线一般与尺寸线垂直,当尺寸界线接近轮廓线时,允许倾斜画出	从交点处引出尺寸界线 尺寸界线允许倾斜画出
	③在光滑过渡处标尺寸时,必须用细实线将轮廓线延长,从它们的交点处引出尺寸界线	
尺寸线	①尺寸线必须用细实线单独画出,不能用其他图线代替,也不得与其他图线重合或在其他图线的延长线上	尺寸线为中心线的延长线 尺寸线为轮廓线的延长线 尺寸线与轮廓线不平行 尺寸线与轮廓线重合 尺寸线与中心线重合
	②标注线性尺寸时,尺寸线必须与所标注的线段平行	正确　　　　　错误

续表 1.6

项目	说　　明	图　　例
尺寸数字及箭头	①线性尺寸的数字一般应注写在尺寸线的上方,也允许注写在尺寸线的中断处	
	②线性尺寸的数字一般按图(a)所示的方向注写,并尽量避免在图示30°范围内注,否则按图(b)的形式注。注意同一图样中,标注形式要统一	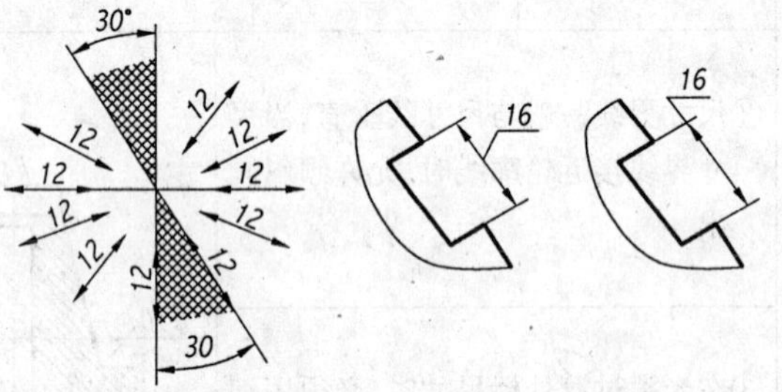 　　　(a)　　　　　　　　(b) 当尺寸线在打网纹的30°范围内,可选用图(b)的形式标注,但同一张图样中的标注形式要统一
	③尺寸数字不可被任何图线通过,否则必须将该图线断开	
	④数字要求工整匀称	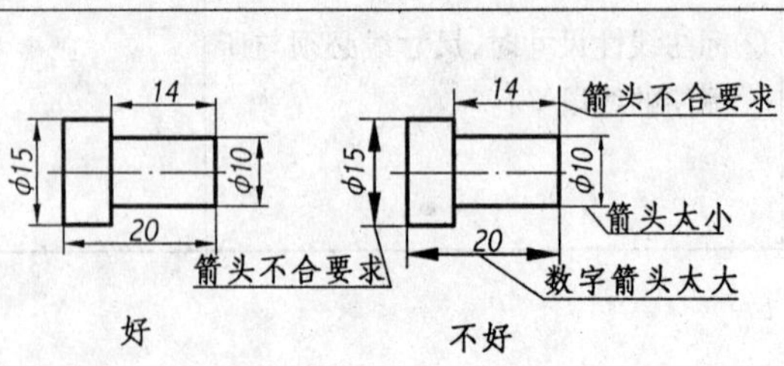 　　好　　　　　　　　不好

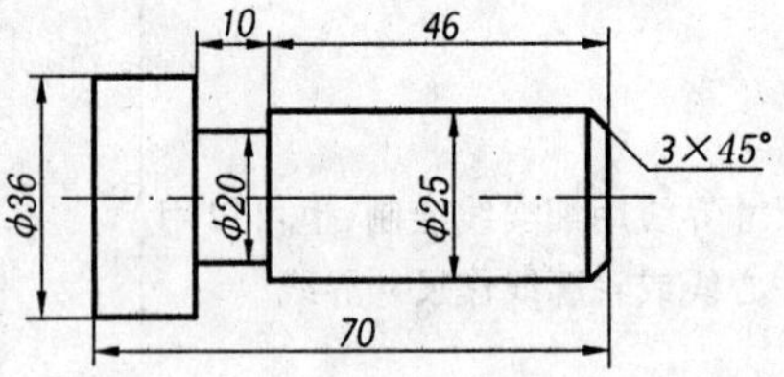

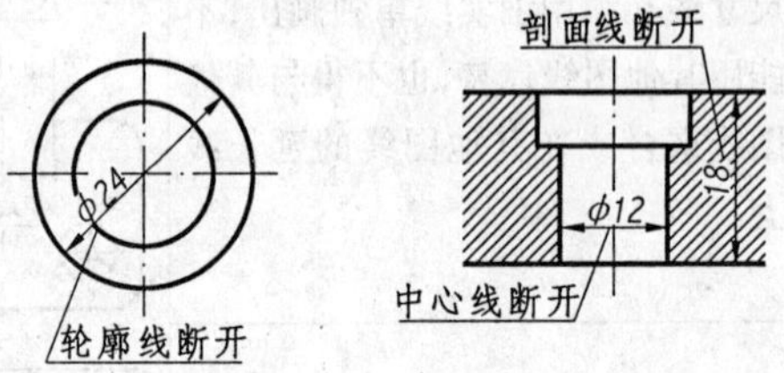

续表 1.6

项目	说　明	图　例
直径与半径尺寸的标注	①整圆或大于半圆的圆弧一般标注直径尺寸,并在数字前面加注符号"ϕ",尺寸线通过圆心,以圆周为尺寸界线	
	②半圆或小于半圆的圆弧一般标注半径尺寸,并在数字前面加注符号"R",且尺寸线应通过圆心	
	③大圆及球半径的标注,尺寸线的方向线应过圆心	
角度的标注	角度的数字一律水平书写,且字头向上	

1.2　常用绘图工具及其应用

1.图板、丁字尺

图板是用来铺放及固定图纸的矩形木板。图板的规格名称均与图纸幅面代号相同,其表面应平坦光洁、软硬适中,左右两边为导边,必须垂直。

丁字尺由尺头和尺身组成,主要用于绘制水平线,也可与三角板配合使用,用来绘制特殊的角度线。作图时用左手扶住尺头,使其内侧面紧靠图板左导边,上下移动丁字尺,便可画出一系列的水平线。画水平线时铅笔沿尺身的工作边自左向右移动。

2.三角板

一副三角板有 45°、30°(60°)两块,除直接画直线外,也可配合丁字尺画出竖直线和特殊角度的斜线,如图 1.9 所示。

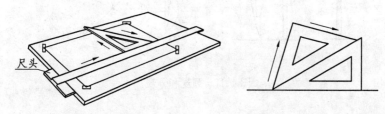

图 1.9　三角板

3.铅笔和绘图纸

铅笔是画线用的工具。绘图用的铅芯软硬不同。标号"H"表示硬铅芯,标号"B"表示软铅芯。常用 H、2H 铅笔画底稿线,用 HB 铅笔加深直线,用 B 或 2B 铅笔加深圆弧,用 H 或 HB 铅笔写字和画各种符号。铅笔应削制成圆锥形和楔形两种(保留标号),笔尖露出铅芯 6～8 mm,如图 1.10 所示。

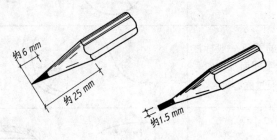

约6 mm

约25 mm

约1.5 mm

图 1.10　铅笔

绘图纸的质地应坚实,用橡皮擦拭时不易起毛。绘图时必须用图纸的正面,识别方法是用橡皮擦拭几下,不易起毛的一面为正面。

4.圆规和分规

圆规用于画圆和圆弧。常用圆规如图 1.11 所示。圆规上装有带台阶小钢针的脚称针脚,用于确定圆心;装铅芯笔的脚称笔脚,用于作图线。笔脚还可装鸭嘴笔尖用于上墨描图,装延伸杆用于画大圆,装钢针可作为分规。使用圆规时,应使针脚稍长于笔脚,针尖插入图板后,钢针台阶应与铅芯尖端齐平。铅芯削成与纸面成 75° 锲形,以使圆弧粗细均匀。

分规用来等分和量取线段,常用的有大分规和弹簧分规两种。为了度量尺寸准确,分规两脚的针尖并拢后应能对齐,取较小的距离时,最好用弹簧分规。分割线段时,把分规两针尖调到所需的距离,然后用右手拇指、食指捏住分规手柄,使分规两尖沿线段摆转前进。

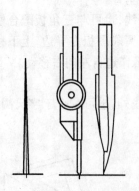
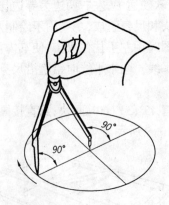

90°

90°

图 1.11　圆规和分规

1.3　几 何 作 图

图样中的图形,都是各种几何图形的组合。只有熟练地掌握各种几何图形的作图方法,才能保证绘图的质量和提高绘图速度。几何作图是依照给定的条件,准确地绘出预定的几何图形。

1.等分线段

分割一直线段为几等份的方法如图 1.12 所示,步骤如下。

(1)过已知直线段 AB 的一个端点 A 任作一射线,由此端点在射线上以任意长度截取几等份。

(2)将射线上的等分终点与已知直线段的另一端点 B 连线,并过射线上各等分点作此连线的平行线与已知直线段相交,交点即为所求。

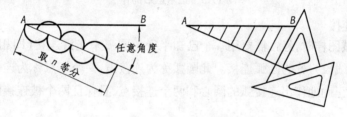

图 1.12　等分线段

2.正多边形的画法

(1)正五边形

正多边形一般利用等分外接圆,依次连接等分点的方法作图。

方法一:已知正五边形的边长 AB,绘制正五边形的方法如图 1.13 所示。

①分别以点 A、B 为圆心,AB 为半径画弧,与 AB 的中垂线交于点 K;

②在中垂线上自点 K 向上取 $CK = 2AB/3$,得到点 C;

③以点 C 为圆心,AB 为半径画圆弧,与前面所画的两段圆弧相交于 D、E 点,即可得到正五边形的 5 个顶点。

方法二:已知外接圆直径,绘制正五边形的方法如图 1.14 所示。

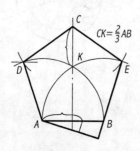

图 1.13　正五边形的作法

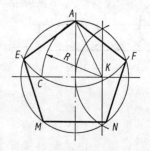

图 1.14　利用外接圆直径绘制正五边形

（2）正六边形

方法一：以正六边形对角线 AB 的长度为直径作外接圆，根据正六边形边长与外接圆半径相等的特性，用外接圆的半径等分圆周得 6 个等分点，连接各等分点即得正六边形。

方法二：作出外接圆后，利用 60°三角板与丁字尺配合画出，如图 1.15 所示。

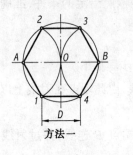 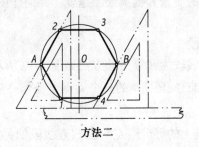

方法一   方法二

图 1.15　正六边形的作法

3.圆弧的连接

在绘制机械图样时，经常需要用一个已知半径的圆弧来光滑连接（即相切）两个已知线段（直线段或曲线段），称为圆弧连接。此圆弧称为连接弧，两个切点称为连接点。为了保证光滑连接，必须正确地作出连接弧的圆心和两个连接点，且保证两个被连接的线段都要正确地画到连接点。

画连接弧时，需要用到平面几何中以下两条原理（见图 1.16）。

（1）与已知直线相切且半径为 R 的圆弧，其圆心轨迹为与已知直线平行且距离为 R 的两直线，连接点为圆心向已知直线所作垂线的垂足，如图 1.16(a)所示。

（2）与已知圆弧相切的圆弧，其圆心轨迹为已知圆弧的同心圆，其半径为：外切时（见图 1.16(b)），连接圆弧与已知圆弧的半径之和；内切时（见图 1.16(c)），连接圆弧与已知圆弧的半径之差。连接点为：外切时，连心线与已知圆弧的交点；内切时，连心线的延长线与已知圆弧的交点。

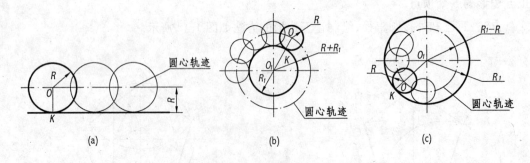

(a)   (b)   (c)

图 1.16　圆弧的连接

4. 斜度与锥度

(1) 斜度

斜度是指一直线对另一直线或一平面对另一平面的倾斜程度,其大小用两直线或两平面间夹角的正切值来表示,并将此值化为 $1:n$ 的形式,即斜度 $\tan\alpha = H/L = 1:n$(见图 1.17(a))。斜度符号如图 1.17(b)所示,符号的线高为 $h/10$(h 为字高)。标注方法如图 1.17(c)所示,斜度符号的倾斜方向应与斜度方向一致。

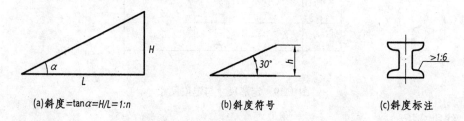

(a)斜度 $=\tan\alpha=H/L=1:n$ 　　　　(b)斜度符号 　　　　(c)斜度标注

图 1.17　斜度及其标注

(2) 锥度

锥度是指正圆锥的底圆直径和圆锥高之比。若是圆台,则为上下底圆直径之差与圆台高之比。在图样中习惯以 $1:n$ 的形式标注,如图 1.18 所示。

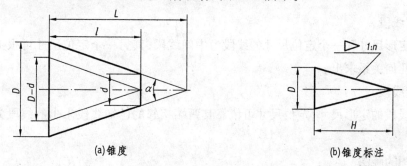

(a)锥度 　　　　　　　　　　　　　　(b)锥度标注

图 1.18　锥度及其标注

1.4　平面图形的尺寸标注与画法

1. 平面图形的尺寸分析

平面图形的尺寸分为定形尺寸和定位尺寸。

(1) 定形尺寸

用于确定线段的长度、圆弧的半径(圆的直径)和角度等大小的尺寸称为定形尺寸,如图 1.19 中的 $\phi5$、$\phi20$、$R12$、$R50$ 等。

(2) 定位尺寸

定位尺寸是指确定图形中各部分之间相对位置的尺寸。确定平面图形的位置需有两个方向(水平与竖直)的定位尺寸,也可是极坐标的形式定位(即半径加角度),如图 1.19 中的尺寸 8、45。

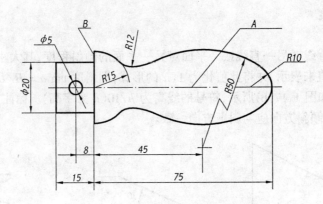

图 1.19　定形尺寸与定位尺寸

2.线段分析

平面图形中的线段,依其尺寸是否齐全可分为 3 类。

(1)已知线段

具有齐全的定形尺寸和定位尺寸的线段为已知线段,作图时可以根据已知尺寸直接绘出。

(2)中间线段

只给出定形尺寸和一个定位尺寸的线段为中间线段,其另一个定位尺寸可根据与相邻已知线段的几何关系求出。

(3)连接线段

只给出线段的定形尺寸,定位尺寸可依靠其两端相邻的已知线段求出的线段为连接线段。

3.平面图的画法

平面图的画法分以下几个基本步骤。

(1)画图形定位线,并根据定位尺寸画出位置线。

(2)画已知线段。

(3)画中间线段。

(4)画连接线段。

(5)整理并检查全图后,加深相关图线。

(6)标注尺寸。

4.平面图形的尺寸标注

标注平面图形尺寸一般分为以下步骤(见图 1.20)。

(1)分析平面图形各部分的构成,确定尺寸基准。

(2)标注全部定形尺寸。

(3)标注必要的定位尺寸。已知线段的两个定位尺寸都要注出;中间弧只需注出圆心的一个定位尺寸;连接弧圆心的两个定位尺寸都不必注出,否则会出现多余尺寸。

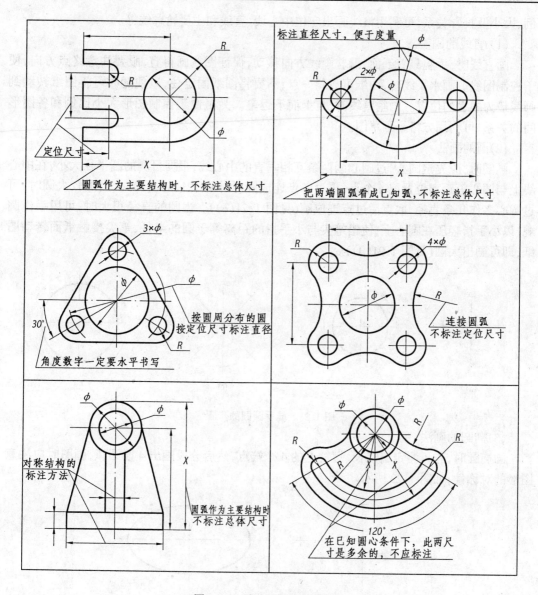

图 1.20 平面图形的尺寸标注

1.5 徒手画草图

1.草图的要求

草图虽不要求几何精度,但也不得潦草。必须做到:图形正确,图线清晰,线型分明,比例适当。

2.草图的画法

绘制草图应采用铅芯较软的铅笔(HB、B、2B),铅芯削成圆锥形,粗细各一支,分别用于画粗线、细线。

画草图可用带方格的专用草图纸,也可在白纸下面垫格子纸,以便控制图形的各部分比例、大小及投影关系,可利用格线画出定位中心线、直线和主要轮廓线等。

(1) 直线的画法

画直线时,手腕靠着纸面,沿着画线方向移动,保证图线画得直,眼要注意终点方向,便于控制图线。画水平线时,图纸可放斜一点,不要将图纸固定住,以便随时可将图纸转动到画线最为顺手的位置。画垂直线时,自上而下运笔。为了便于控制图形大小比例和各图形间的关系,可利用方格纸画草图。

(2)圆的画法

画圆时,应先定圆心,过圆心画两条互相垂直的中心线,根据目测的圆半径大小,在中心线上与圆心等距离位置取4个点,再过各点连成圆(见图1.21(a)、(b))。当画较大圆时,可过圆心多作几条直径,取点后过点连成圆(见图1.21(c))。当圆的直径很大时,可用手作圆规,以小手指轻压在圆心上,使铅笔尖与小手指的距离等于圆的半径,笔尖接触纸面转动图纸,即可画出大圆(见图1.21(d))。

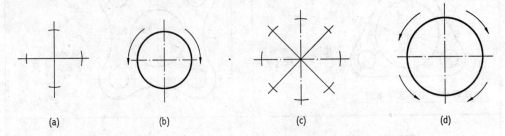

(a)   (b)   (c)   (d)

图 1.21　徒手画圆的步骤

(3)椭圆的画法

画椭圆时,先目测定出其长、短轴上的4个端点,然后分段画出4段圆弧,画图时应注意图形的对称性,如图1.22所示。

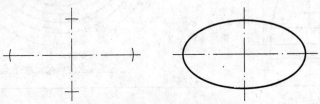

图 1.22　徒手画椭圆的步骤

第2章　正投影的基本知识

2.1　正投影与三视图

2.1.1　投影法的基本知识

1.投影法的概念

当日光或灯光照射物体时,在地面或墙上就会出现物体的影子,这就是我们在日常生活中所见到的投影现象。人们将这种现象进行科学总结和抽象,提出了投影法。图2.1中,S为投射中心,A为空间点,平面P为投影面,S与点A的连线为投射线,SA的延长线与投影面P的交点a称为点A在平面P上的投影,这种产生图像的方法称为投影法。

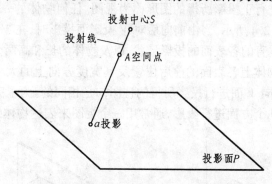

图2.1　投影法

2.投影法的分类

(1) 中心投影法

投射线汇交一点的投影法,称为中心投影法。用这种方法所得的投影称为中心投影。

(2) 平行投影法

投射线相互平行的投影法,称为平行投影法。

在平行投影法中,按投射线是否垂直于投影面,可分为斜投影法和正投影法。

① 斜投影法(斜角投影法):投射线与投影面相倾斜的平行投影法,如图2.2所示。

② 正投影法(直角投影法):投射线与投影面相垂直的平行投影法,如图2.3所示。

3.正投影的基本性质

(1) 显实性,即当直线或平面与投影面平行时,则直线的投影反映实长、平面的投影反映实形的性质。

(2) 积聚性,即当直线或平面与投影面垂直时,则直线的投影积聚成一点、平面的投影积聚成一条直线的性质。

（3）类似性，即当直线或平面与投影面倾斜时，其直线的投影长度变短、平面的投影面积变小，但投影的形状仍与原来的形状相类似的性质。

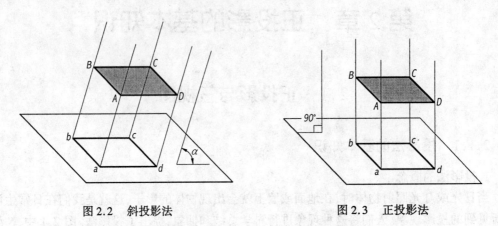

图 2.2　斜投影法　　　　　　　　　　图 2.3　正投影法

2.1.2　三视图

将机件向投影面进行正投影所得的图形称为视图。任何物体的一个视图只能反映物体一个方面的形状。如图 2.4 所示，当由前向后对 V 投影面投影时，在 V 面上得到的视图只能反映物体上不与 V 面垂直的各表面的投影形状，以及物体的长和高两个方向 L 的大小。显然这个视图并不能反映物体上各表面的前后位置及其宽度方向上的大小。图 2.4 即为两个形状不同的物体，但它们向 V 面进行投影所得的视图却是相同的。为了完整、确切地表达出物体的全部形状必须从几个方面进行投影，通常用三个视图来表达物体的形状。

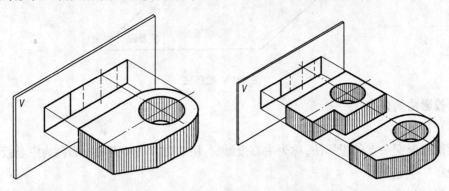

图 2.4　三视图

1.三视图的形成和投影规律

在绘制机械图样时，在三面投影体系中，将机件向投影面垂直投射所得的图形称为视图。机件由前向后投射所得的图形（即正面投影）称为主视图，它通常反映机件形体的主要特征；机件由上向下投射所得的图形（即水平投影）称为俯视图；机件由左向右投射所得的图形（即侧面投影）称为左视图，如图 2.5 所示。

正立投影面，简称正面，用 V 表示；水平投影面，简称水平面，用 H 表示；侧立投影面，简称侧面，用 W 表示。

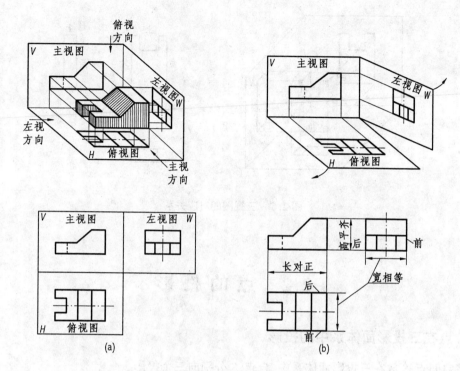

图2.5 三视图的形成

2.三视图之间的对应关系

(1) 视图配置关系

以主视图为准,俯视图在它的正下方,左视图在它的正右方。

(2) 物体的长、宽、高在三视图上的对应关系

从三视图的形成过程中,可以看出:

主视图反映物体的长度(X)和高度(Z);俯视图反映物体的长度(X)和宽度(Y);左视图反映物体的高度(Z)和宽度(Y)。

由此可归纳出三视图间的"三等"关系:主、俯视图 —— 长对正;主、左视图 —— 高平齐;俯、左视图 —— 宽相等。

无论是整个物体或物体的局部,其三面投影都必须符合"长对正、高平齐、宽相等"的"三等"规律。

(3) 物体的6个方位在三视图中的对应关系

物体在三投影面体系内的位置确定后,它的前后、左右和上下的位置关系即可在三视图上明确地反映出来。

主视图反映物体的上、下和左、右方位;俯视图反映物体的前、后和左、右方位;左视图反映物体的上、下和前、后方位,如图2.6所示。

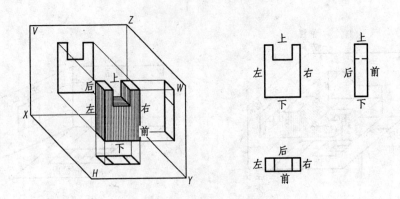

图 2.6　三视图的对应关系

2.2　点 的 投 影

1.点在三投影面体系中的投影

　　将空间点 S 放在三投影面体系中,自点 S 分别向三个投影面作垂线,则其垂足 s、s'、s'' 就是点 S 在 H 面、V 面、W 面的投影,如图 2.7 所示。关于空间点及其投影的标记,我们规定:空间点用大写字母,如 A、B、C…;水平投影用相应的小写字母,如 a、b、c…;正面投影用相应的小写字母加一撇,如 a'、b'、c'…;侧面投影用相应的小写字母加两撇,如 a''、b''、c''…。

　　已知空间点的其中两个投影,才可惟一确定空间点的位置。

　　通过点的三面投影图的形成过程,可总结出点的投影规律如下。

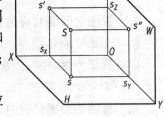

图 2.7　点的投影

　　(1)点的正面投影与水平投影的连线垂直于 OX 轴(即 $Ss' \perp OX$),点的正面投影与侧面投影的连线垂直于 OZ 轴(即 $Ss'' \perp OZ$)。

　　(2)点的投影到投影轴的距离等于空间点到相应的投影面的距离,即"影轴距等于点面距"。如图 2.7 中,影轴距 $s's_X = s''s_Y$ 等于 S 点到 H 面的距离 Ss;影轴距 $ss_X = s''s_Z$ 等于 S 点到 V 面的距离 Ss';影轴距 $ss_Y = s's_Z$ 等于 S 点到 W 面的距离 Ss''。

　　【例2.1】　已知空间点 A 到三投影面 W、V、H 的距离分别为 20 cm、10 cm、15 cm,求作点 A 的三面投影。

　　作图:(1)画投影轴,根据点到投影面的距离与坐标值的对应关系,先作点 $A(20,10,15)$ 的两面投影。在 X 轴上量取 20 cm,定出点 a_X,如图 2.8(a) 所示;过点 a_X 作 OX 轴的垂线,自点 a_X 顺 OY_H 方向量取 10 cm,作出点 A 的水平投影 a;顺 OZ 轴方向在垂线上量取 15 cm,作出点 A 的正面投影 a',如图 2.8(b) 所示。

（2）根据点的投影规律，作出点 A 的第三面投影 a''。按 $a'a'' \perp OZ$，过 a' 作 OZ 轴的垂线，交点为 a_Z，并量取 $a_Za'' = aa_X$，得到 a''。也可通过 $45°$ 分角线确定 a''，如图 2.8(c) 所示。

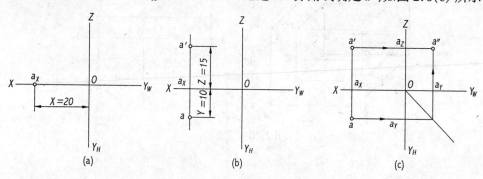

图 2.8　求点 A 的三面投影

2.两点的相对位置及重影点

（1）点的相对位置的确定

点的相对位置指两点间上下、左右和前后的位置关系，可以用两点在空间的坐标大小来判断。规定：X 坐标大为左，小为右；Y 坐标大为前，小为后；Z 坐标大为上，小为下。

图 2.9 中，由于 $X_A > X_B$，故点 A 在点 B 的左方，同理可判断出点 A 在点 B 的下方、前方。

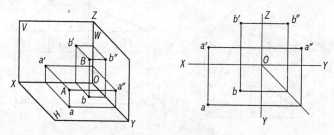

图 2.9　点的相对位置

（2）重影点

当空间两点的某两个坐标相同，即位于同一条投射线上时，它们在该投射线垂直的投影面上的投影重合于一点，此空间两点称为对该投影面的重影点。如图 2.10 所示，点 C 与点 D 位于垂直于 H 面的同一条投射线上，它们的水平投影重合，则 C、D 两点称为对该投影面的重影点。

重影点的两对同名坐标相等。在图 2.10 中，点 C 与点 D 是对 H 面的重影点，故 $X_C = X_D$，$Y_C = Y_D$。由于 $Z_C > Z_D$，故点 C 在点 D 的上方。

若沿投射线方向进行观察，看到者为可见，被遮挡者为不可见，为了表示点的可见性，被挡住的点的投影加括号。

对 H 面的重影点从上向下观察，Z 坐标值大者可见；对 V 面的重影点从前向后观察，Y 坐标值大者可见；对 W 面的重影点从左向右观察，X 坐标值大者可见。

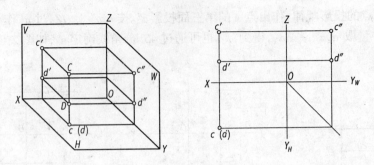

图 2.10　重影点

2.3　直线的投影

2.3.1　直线投影的画法

由于两点可决定一直线,直线的投影可由直线上任意两点的投影确定。在直线上任取两点,画出它们的投影图后,再将各组同面投影连线,如图 2.11 所示。

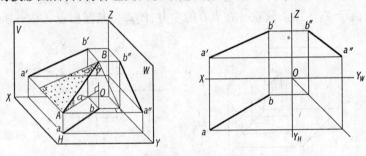

图 2.11　直线投影

2.3.2　不同直线的投影特点

1.对于一个投影面

直线相对于投影面的位置有垂直、平行和倾斜 3 种情况。由于位置不同,直线的投影就各有不同的投影特性,如图 2.12 所示。

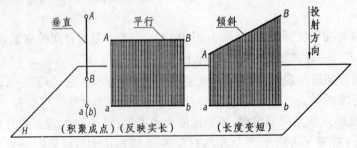

图 2.12　不同直线投影

(1) 垂直投影面的直线特性

垂直投影面的直线具有积聚性。直线垂直于投影面的投影,其投影重合为一个点,而且位于直线上的所有点的投影都重合在这一点上。

(2) 平行于投影面的直线特性

平行于投影面的直线具有实形性。直线平行于投影面,其投影的长度反映空间线段的实际长度,即 $ab = AB$。

(3) 倾斜于投影面的直线特性

倾斜于投影面的直线具有类似性。直线倾斜于投影面其投影仍为直线,但投影的长度比空间线段的实际长度缩短,即 $ab = AB\cos\alpha$。

2. 延伸到三个投影面

(1) 垂直投影面直线

垂直投影面直线是指垂直于某一投影面,且与另两个投影面平行的直线,又分为正垂线、铅垂线和侧垂线。投影特性见表 2.1。

表 2.1　垂直投影面直线

名称	立体图	投影图	投影特性
正垂线			① $a'b'$ 积聚成一点 ② $ab \perp OX$, $a''b'' \perp OZ$ 且反映实长。
铅垂线			① ab 积聚成一点 ② $a'b' \perp OX$, $a''b'' \perp OY_W$ 且反映实长。
侧垂线			① $a''b''$ 积聚成一点。 ② $a'b' \perp OZ$, $ab \perp OY_H$ 且反映实长。

(2) 平行投影面直线

平行投影面直线是指平行于某一投影面,且与另两个投影面倾斜的直线,又分为正平线、水平线和侧平线。投影特性见表 2.2。

表 2.2　平行投影面直线

名称	立体图	投影图	投影特性
正平线			① $a'b'$ 反映实长和真实倾角 α、γ。 ② $ab \parallel OX$，$a''b'' \parallel OZ$ 长度缩短。
水平线			① ab 反映实长和真实倾角 β、γ。 ② $a'b' \parallel OX$，$a''b'' \parallel OY_W$ 长度缩短。
侧平线			① $a''b''$ 反映实长和真空倾角 α、β。 ② $a'b' \parallel OZ$，$ab \parallel OY_H$ 长度缩短。

(3) 倾斜投影面直线

倾斜投影面直线是指对三投影面都倾斜的直线,如图 2.13 所示。投影特性为:三个投影都倾斜于投影轴,其与投影轴的夹角并不反映空间线段对投影面的夹角,且三个投影的长度均比空间线段短,即都不反映空间线段的实长。

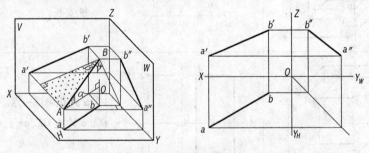

图 2.13　倾斜投影面直线

2.3.3　直线上点的投影

(1) 从属性
直线上的点,其投影必在该直线的同面投影上,且符合点的投影规律。

(2) 定比性
直线上的点分割直线之比,在投影后保持不变。

如图 2.14 所示,点 C 在 AB 上,点 c、c'、c'' 分别在 ab、$a'b'$、$a''b''$ 上,且 $cc' \perp OX$,$c'c'' \perp OZ$,$cc_X = c''c_Z$;点 C 在 AB 上,则 $ac:cb = a'c':c'b' = a''c'':c''b'' = AC:CB$。

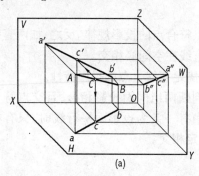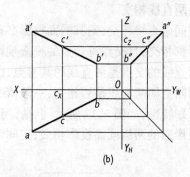

图 2.14　直线上点的投影

【例 2.2】　判断点 K 是否在直线 AB 上。

作图:利用从属性来判断。如图 2.15 所示,画出侧面投影 K'',因点 K'' 不在直线 $a''b''$ 上,故点 K 不在直线 AB 上。

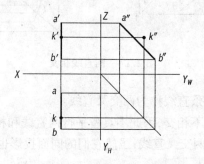

图 2.15　判断点 K 是否在直线 AB 上

2.3.4　空间两直线的相对位置在投影图上的反映

空间两直线的相对位置有平行、相交和交叉(异面)3 种情况。

1.两直线平行

从平行投影的基本特性可知:若空间两直线相互平行,则其同面投影必相互平行;若两直线的三个同面投影分别相互平行,则空间两直线必相互平行,如图 2.16 所示。

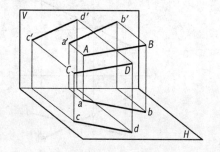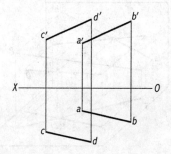

图 2.16　两直线平行

判断空间两直线是否平行,一般情况下,只需判断两直线的任意两对同名投影是否分别平行。

2.两直线相交

空间两直线相交,则其同面投影必相交,且交点符合点的投影规律。反之,如两直线的同面投影都相交,且交点符合点的投影规律,则该两直线在空间必相交。

两直线的交点是两直线的共有点,因此交点应满足直线上点的投影特性。

判断空间两直线是否相交,一般情况下,只需判断两组同面投影相交,且交点符合一个点的投影特性,如图 2.17 所示。但是,当两条直线中有一条为投影面平行线时,只有相对于另两投影面的两组同面投影相交,空间两直线不一定相交。

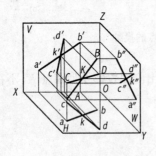
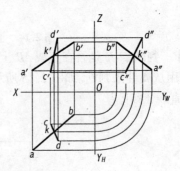

图 2.17　两直线相交

3.两直线交叉(异面)

既不平行又不相交的两条直线称为两交叉直线。

交叉两直线既不平行也不相交,因此不具备平行两直线和相交两直线的投影特点。如图 2.18 所示,直线 AB 和 CD 为两交叉直线,虽然它们的同面投影也相交了,但"交点"不符合一个点的投影特性。

两交叉直线同面投影的交点是直线上一对重影点的投影,用它可以判断空间两直线的相对位置。在图 2.18 中,直线 AB、CD 的水平投影的交点是直线 AB 上的点 Ⅰ 和直线 CD 上的点 Ⅱ(对 H 面的重影点)的水平投影 1(2),由正面投影可知,点 Ⅰ 在上,点 Ⅱ 在下,故在该处直线 AB 在直线 CD 的上方。同理,直线 AB 和直线 CD 的正面投影的交点是直线 AB 上的点 Ⅳ 和 CD 上的点 Ⅲ(对 V 面的重影点)的正面投影 3′(4′),由水平投影可知,点 Ⅲ 在前,点 Ⅳ 在后,故在该处直线 CD 在直线 AB 的前方。

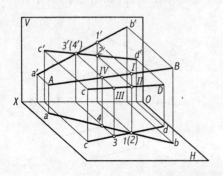
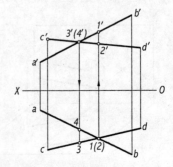

图 2.18　两直线交叉

2.4　平面的投影

2.4.1　平面的表示法

1. 用几何元素表示平面

根据三点确定一平面的性质可知,平面可用以下元素表示。

在投影图上表示平面的方法,就是画出确定平面位置的几何元素的投影。不在同一直线的三点可确定一平面,因此,平面可以用下列任何一组几何要素的投影来表示,如图 2.19 所示。

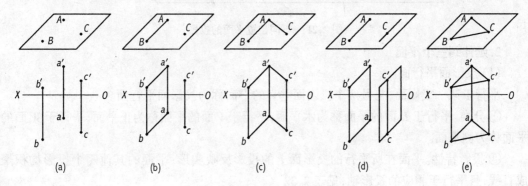

图 2.19　用几何元素表示的平面

2. 用迹线表示平面

平面与投影面的交线,称为平面的迹线。面 P 与面 H 的交线称为水平迹线,用 P_H 表示;与 V 面的交线称为正面迹线,用 P_V 表示;与 W 面的交线称为侧面迹线,用 P_W 表示。既然任何两条迹线,如 P_H 和 P_V 都是属于平面 P 的相交两直线,故可以用迹线来表示该平面。如图 2.20 所示。

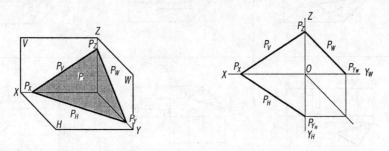

图 2.20　用迹线表示的平面

迹线有如下特点:平面内任何直线的迹点位于同名迹线上;同一平面的迹线两两之间,不平行则相交,交点必在相交的投影轴上。

2.4.2　不同平面的投影特点

1. 一个投影面

(1) 平面平行于投影面,在投影面上的投影反映实形,称为实形性,如图 2.21(a) 所示。

(2) 平面垂直于投影面,它在投影面上积聚成一直线,称为积聚性,如图 2.21(b) 所示。

（3）平面倾斜于投影面，它在投影面上的投影与平面图形类似，称为类似性，如图 2.21(c) 所示。

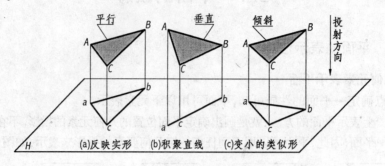

图 2.21　不同位置平面的投影

2.延伸到三个平面

（1）投影面平行面

平行于某一投影面，与另两个投影面垂直的平面称为投影面平行面。

①分类。平行于 H 面的平面称为水平面；平行于 V 面的平面称为正平面；平行于 W 面的平面称为侧平面。

②投影特性。平面在所平行的投影面上的投影反映实形；平面的其他两个投影均积聚成直线，且平行于相应的投影轴，见表 2.3。

表 2.3　平行面投影特性

名称	水平面（// H）	正平面（// V）	侧平面（// W）
立体图			
投影图			
投影特性	①水平投影反映实形 ②正面投影为有积聚性的直线段，且平行于 OX 轴 ③侧面投影为有积聚性的直线段，且平行于 OY_W 轴	①正面投影反映实形 ②水平投影为有积聚性的直线段，且平行于 OX 轴 ③侧面投影为有积聚性的直线段，且平行于 OZ 轴	①侧面投影反映实形 ②水平投影为有积聚性的直线段，且平行于 OY_H 轴 ③正面投影为有积聚性的直线段，且平行于 OZ 轴

(2) 投影面垂直面

垂直于某一投影面,与另两个投影面倾斜的平面称为投影面垂直面。

① 分类。垂直于 H 面的平面称为铅垂面;垂直于 V 面的平面称为正垂面;垂直于 W 面的平面称为侧垂面。

② 投影特性。平面在所垂直的投影面的投影积聚成一条与投影轴倾斜的直线,它与投影轴的夹角分别反映该平面与相应投影面的倾角;平面的其他两个投影均为小于实形的类似形,见表 2.4。

表 2.4　垂直面投影特性

名称	水平面(⊥ H)	正平面(⊥ V)	侧平面(⊥ W)
立体图			
投影图			
投影特性	① 水平投影成为有积聚性的直线段 ② 正面投影和侧面投影为原形的类似形	① 正面投影成为有积聚性的直线段 ② 水平投影和侧面投影为原形的类似形	① 侧面投影成为有积聚性的直线段 ② 正面投影和水平投影为原形的类似形

(3) 投影面倾斜面

对三个投影面都倾斜的平面称为投影面倾斜面,如图 2.22 所示。它的三面投影都仍为平面图形,该平面图形与实形边数相同,面积小于实形面积,这种平面图形称为类似形。

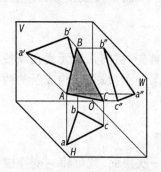
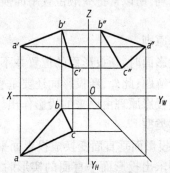

图 2.22　倾斜面的投影

2.4.3　平面上的点和直线

1.平面上的直线

直线属于平面,应满足下列条件之一(见图 2.23)。

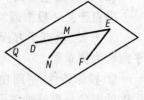

① 直线经过属于平面的两个点。

② 直线经过属于平面的一点,且平行于属于该平面的另一直线。

图 2.23　平面上的直线

2.平面内的点

点在平面内需要满足的条件是:点在平面内的一条直线上,因此,若在平面上取点,必须先在平面上取一直线,然后再在此直线上取点。

【例 2.3】　判断点 D 是否在 $\triangle ABC$ 确定的平面内,如图 2.24 所示。

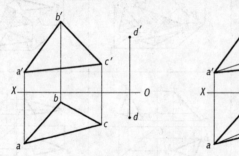

图 2.24　判断点 D 是否在平面内

作图:(1) 连接 $a'd'$,交 $b'c'$ 于点 $1'$,并作点 $1'$ 的水平投影点 1。

(2)连接 $a1$ 并延长,不和 $d'd$ 交于 d 点,可见点 1 不在 AD 的水平投影上,所以点 D 不在 $\triangle ABC$ 确定的平面内。

2.4.4　平面的换面法

由于特殊位置平面能较多地表达平面图形的几何性质,如投影面平行面可表达实形。对解题较为有利,所以常把一般位置平面换成特殊位置平面,如换成投影面垂直面、投影面平行面等。

1.基本原则

更换投影面时,新投影面的位置并不是任意的。首先,空间几何元素在新投影面上的投影要有利于解题;此外,新投影面还要垂直于原来的某一个投影面,构成新的两投影面体系以便运用正投影原理由原来的投影作出新投影。

2.基本类型

(1) 将投影面垂直面变换成投影面平行面

当需要求出投影面垂直面的实形时,只需经过一次换面,就可将它变换成投影面平行面,其作图步骤如下。

① 取 X_1 轴平行于 abc。

② 根据点的辅助投影特性,求出 $a_1b_1c_1$,则 $\triangle a_1b_1c_1$ 反映实形(见图 2.25)。

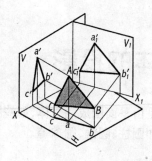
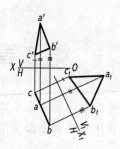

图 2.25　投影面垂直面变换成投影面平行面

(2) 将一般位置平面变换成投影面垂直面

如图 2.26 所示,平面 △ABC 在 VOH 体系内为一般位置平面。若把它变换成新投影面垂直面,可设新投影面 V_1 替换原投影面 V,并使 V_1 垂直于 △ABC 内的一直线 L。为保证 V_1 同时垂直于 H 面,应取 L // H,即 L 为 △ABC 内的水平线。根据投影性质可知,新轴 $X_1 \perp l$。

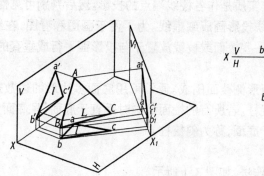
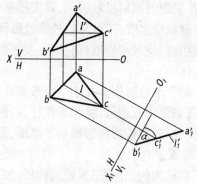

图 2.26　一般位置平面变换成投影面垂直面

(3) 将一般位置平面变换成投影面平行面

要把一般位置平面变换成新投影面平行面,必须两次更换投影面。第一次把一般位置平面变成新投影面垂直面,原理与作图方法如前所述。第二次把垂直面再更换成新投影面平行面。如图 2.27,先换 H 面,得到投影面垂直面的投影,然后换 V 面得到 △ABC 的实形。

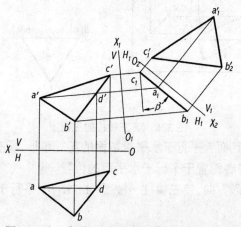

图 2.27　一般位置平面变换成投影面平行面

第3章 立体的投影

立体可分为平面立体和曲面立体。平面立体是由平面围成的立体,如棱柱、棱锥等。曲面立体是由曲面或者由平面和曲面所围成的立体,如圆柱、圆锥、圆球等。

3.1 基本几何体的投影

3.1.1 平面立体的投影及其表面上取点

平面立体各表面都是由棱线围成的平面图形,各棱线又由其端点确定。因此,平面立体的投影,由各表面图形的投影表示,其实质是作各棱线端点的投影。然后判别可见性,将可见的棱线投影画成粗实线,不可见的棱线投影画成细虚线。为了便于画图和看图,在绘制平面立体的三视图时,应尽可能地将它的一些棱面或棱线放置于与投影面平行或垂直的位置。

1.棱柱体

棱柱由两个多边形底面和几个矩形侧棱面围成。通常可用底面多边形的边数来区别不同的棱柱,若底面为五边形,称为五棱柱。若所有的棱面都同时垂直于底面,且底面为正多边形,称为正棱柱。若棱柱的棱面倾斜于底面,称为斜棱柱。

(1) 三视图

以正三棱柱为例,介绍三视图的作法,如图 3.1 所示。

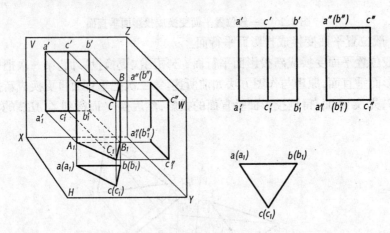

图 3.1 正三棱柱的三视图

①正三棱柱上下两底面为平行于水平投影面的正三角形,所有的棱面都垂直于底面。

②确定摆放位置,将底面置于平行于水平面的位置。

③确定主视图的投影方向,使三棱柱一棱面(AA_1B_1B)平行于 V 面。

由图 3.1 可见:

　　水平投影反映上下两底面的实形,两底面的投影重合;三个棱面的投影积聚且与底面的对应边重合。

　　正面投影反映后棱面 AA_1B_1B(正平面)的实形;上下底面的投影积聚,与 AB、A_1B_1 重合;两前棱面 AA_1C_1C、CC_1B_1B 的正面投影为类似形。

　　侧面投影两前棱面 AA_1C_1C、CC_1B_1B 的侧面投影为类似形,且投影完全重合;上下底面和后棱面都具有积聚性。

　　平面立体投影可见性的判断,可遵循下列规律进行。

　　① 投影图的外形线都可见,如图 3.1 所示。三棱柱正面投影中的 $a'c'$、$c'b'$、$a'_1c'_1$、$c'_1b'_1$、$a'a'_1$、$b'b'_1$、$c'c'_1$,水平投影中的 ac、cb、ab,侧面投影中的 $a''a''_1$、$c''c''_1$、$a''c''$、$a''_1c''_1$ 均可见。

　　② 同一投影图中,凡两个可见表面相交或可见表面与不可见表面相交,其交线可见;凡两个不可见表面相交,其交线不可见。如图 3.1 正面投影图中,可见面 $a'_1c'_1c'a'$ 和可见面 $c'c'_1b'_1b'$ 的交线 $c'c'_1$ 可见,可见面 $c'c'_1b'_1b'$ 和不可见面 $a'_1b'_1b'a'$ 的交线 $b'b'_1$ 可见。

　　③ 在外形线范围内两交叉直线投影相交,其投影的可见性可用重影点判断。

　　④ 在外形线范围内,如有 3 条直线的投影交于一点,若交点的投影可见,则此 3 条直线的投影可见;否则不可见。

　　(2) 棱柱体表面上点的投影

　　在平面立体表面上取点,与平面上取点的原理和方法相同。特殊位置平面上取点可以利用积聚性的原理作图,并表明其可见性。

　　如图 3.2 所示,点 M 为六棱柱表面上一点,已知其正面投影 m',要求作出水平和侧面投影。

　　分析:因为点 M 的正面投影是可见的,所以判断点 M 在六棱柱左前侧面上。而该平面为铅垂面,因此点 M 的水平投影 m 在有积聚性的直线上,再根据高平齐、宽相等的投影关系,求出 m''。点 M 在左前方,侧面投影可见,所以其侧面上的点 m'' 也可见。又如已知点 N 的水平投影 n,求 n' 和 n''。由于点 N 的水平投影 n 可见,则判断点 N 在六棱柱的顶面,而顶面为水平面,其正面投影和侧面投影均积聚为垂直于 Z 轴的直线。因此,n' 和 n'' 分别在这两条直线上。

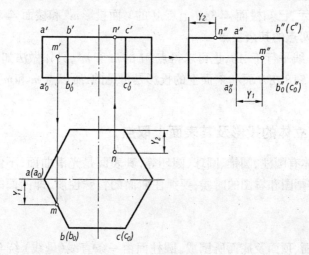

图 3.2　棱柱体上点的投影

2.棱锥体

棱锥体是由一个底面为多边形,棱面为几个具有公共顶点的三角形所组成的立体。常见的棱锥体有三棱锥、四棱锥、五棱锥、六棱锥等。

(1) 三视图

以正三棱锥为例,介绍三视图的作法,如图 3.3(a) 所示。

由于锥底面 △ABC 为水平面,所以,它的 H 面投影 △abc 反映了底面的实形,V 面和 W 面分别积聚成平行 X 轴和 Y 轴的直线段 a'b'c' 和 a"(c")b"。锥体的后侧面 △SAC 为侧垂面,它的 W 面投影积聚为一段斜线 s"a"(c"); 它的 V 面和 H 面投影为类似形 △s'a'c' 和 △sac, 前者为不可见,后者为可见; 左、右两个侧面为一般位置平面; 组成三棱锥的六条棱边中,其中 SA、SB、SC 为一般位置直线,AB 和 BC 为水平线,AC 为侧垂线。

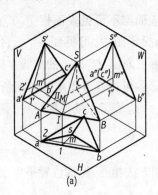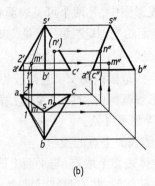

图 3.3　　正三棱锥三视图

(2) 棱锥上点的投影

与棱柱不同的是,棱锥表面的各平面不一定都是特殊位置平面。所以,求属于棱锥表面的点的投影时,首先要判断点所在的棱锥表面是什么位置平面。若点属于特殊位置平面,求其投影时就要利用平面投影的积聚性; 若点属于一般位置平面,则要利用点属于平面的条件,通过作辅助线的方法来求得其投影。

如图 3.3(b) 所示,已知棱面 △SAB 上点 M 的 V 面投影 m' 和棱面 △SAC 上点 N 的 H 面投影 n,求作 M、N 两点的其余投影。

自点 M 引 MⅡ 线平行于 AB,也可求得点 M 的 m 和 m",具体做法如图 3.3(b) 所示。由于点 M 所属棱面 △SAB 在 H 面和 W 面上的投影是可见的,所以点 m 和 m" 也是可见的。对点 n 同理可求得。

3.1.2　　曲面立体的投影及其表面上取点

常用的曲面立体有圆柱、圆锥、圆球、圆环等,其表面是光滑曲面,不像平面立体那样有明显的棱线,所以在画图和看图的时候,要抓住曲面的特殊性质,即曲面的形成规律和曲面轮廓的投影。

1.圆柱体

圆柱体由圆柱面、顶面及底面所围成。圆柱面由一条直线(母线) 绕与它平行的回转轴旋转一周而形成。

(1) 三视图

如图 3.4 所示,该圆柱体的轴线垂直于水平面,它的水平投影为圆,正面投影为矩形,前半个圆柱面在该面上投影可见,后半个圆柱面的投影不可见。该矩形的两条铅垂边 $a'a'_0$、$b'b'_0$ 是圆柱体最左和最右两条素线 AA_0、BB_0 的正面投影,称为圆柱体正面投影的转向轮廓线,其侧面投影 $a''a''_0$、$b''b''_0$ 与轴线重合,不必画出。矩形的两条水平边 $a'b'$、$a'_0 b'_0$ 是圆柱体顶面和底面的投影,由于这两个面是水平面,对于正面的投影具有积聚性。圆柱体的侧面投影也是一个矩形,两条铅垂边 $c''c''_0$、$d''d''_0$ 是圆柱侧面投影可见与不可见的分界线,该两线的正面投影 $c'c'_0$、$d'd'_0$ 与轴线重合不必画出。矩形的两条水平边 $c''d''$、$c''_0 d''_0$ 为圆柱体顶面和底面的投影,同样具有积聚性。

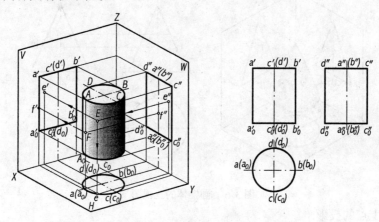

图 3.4　圆柱投影图

(2) 圆柱体上点的投影

圆柱体共有 3 个表面,至少有一个投影具有积聚性,所以,求属于圆柱表面的点的投影,无论其在哪个表面上,都可以利用积聚性求得。

如图 3.5 所示,已知圆柱面上两点 I 和 II 的正面投影 $1'$ 和 $2'$,求作其余两投影的方法。

分析:由于圆柱面的水平投影积聚为圆,因此,利用"长对正"即可求出点的水平投影 1 和 2。再根据点的正面投影和水平投影,求得侧面投影 $1''$ 和 $2''$。由于点 II 在圆柱面的右半部,其侧面投影不可见。

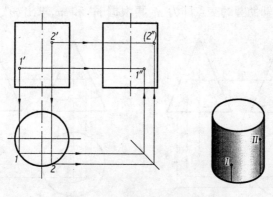

图 3.5　圆柱体上点的投影

2.圆锥体

圆锥体是由一条与轴线斜交的直母线绕轴线回转一周而围成的立体,锥面上任意位置的直母线,称为圆锥表面的素线。

(1) 三视图

在正面投影中,等腰三角形的两腰是圆锥面上最左和最右两条素线 SA 和 SB 的投影,通过这两条素线上所有点的投射线都与圆锥面相切,称为转向轮廓线,是轴线垂直于水平面的圆锥体的三面投影,其正面投影和侧面投影是相同的等腰三角形,水平投影为圆。由圆锥的投影图可知(见图 3.6),其图形特征是:一个投影为圆,其他两个投影为两个相等的等腰三角形。

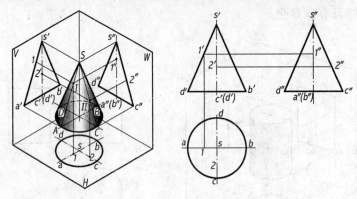

图 3.6　　圆锥体的三视图

(2) 圆锥上点的投影

根据圆锥表面的结构特点,求属于圆锥表面上点的投影时,要根据给定的条件,分析清楚点是位于底平面,还是圆锥面。若点位于底平面,则要利用底平面是特殊位置平面,其投影图形有积聚的特点去求得点的投影;若点位于圆锥面,由于圆锥表面的投影图没有积聚性,则要用辅助素线法或者辅助圆法去求得点的投影。

①辅助素线法。过锥顶 S 和点 M 作一辅助线 SⅠ,如图 3.7(a)中连接 $s'm'$,并延长到底面的正面投影相交于点 $1'$,求得 $s1$ 和 $s''1''$;再由 m' 根据点与线的投影规律,求出 m 与 m''。

②辅助圆法。过点 M 在圆锥面上作垂直于圆锥轴线的水平辅助圆(该圆的正面投影积聚为一直线),即过 m' 所作的 $2'3'$。图 3.7(b)所示的水平投影为一直径等于 $2'3'$、圆心为 s 的圆。过 m' 作 OX 轴的垂线,与辅助圆的交点即为 m。再根据 m' 和 m,求出 m''。

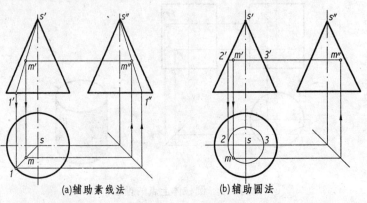

(a)辅助素线法　　　　　　　(b)辅助圆法

图 3.7　　圆锥上点的投影

3.圆球体

圆球体是由一圆母线绕其直径回转一周而围成的立体。

(1) 三视图

圆球体的三面投影图都是与球直径相等的圆,如图3.8所示。首先画出3个圆的中心线,用以确定各投影图形的位置,再画出球的各分界圆的图形,明确各分界圆在其他两投影面的投影,均与圆图形相应的中心线重合,不必画出。

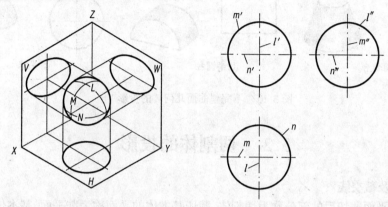

图 3.8　圆球体的三视图

(2) 圆球体上点的投影

在球面上找点,只能通过作辅助圆法来作图。在球面上不可能作出直线的,因此不能用辅助线法来作图。

如图 3.9 所示,已知球面上一点 M 的水平投影 m,求正面投影 m' 和侧面投影 m''。

分析:可采用平行于正面的辅助圆来作图。过 m 引一水平线交圆周于 1、2 两点,即为 M 点所在辅助圆的水平投影,以点 1、2 间的长为直径在正面投影图上画一圆周,即辅助圆的正面投影。根据 m 可见,在正面辅助圆的上半部定出 m',再根据 m、m' 可求出 m'',因为 M 点在球体的右半球,所以 m'' 不可见。

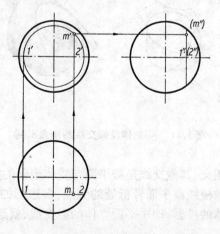

图 3.9　圆球体上点的投影

4.不完整曲面几何体的投影

不完整曲面几何体的投影如图3.10所示,在此不再详细叙述。

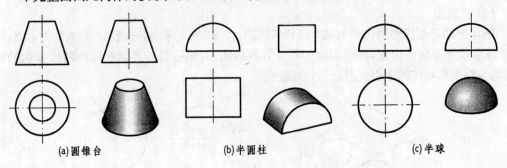

(a)圆锥台　　　　　　(b)半圆柱　　　　　　(c)半球

图3.10　不完整曲面几何体的投影

3.2　切割体的投影

1.切割体及截交线

基本体被平面截切后的部分称为切割体,截切基本体的平面称为截平面,基本体被截切后的断面称为截断面,截平面与立体表面的交线称为截交线,如图3.11所示。

截交线的形状与基本体表面性质及截平面的位置有关,但任何截交线都具有下列两个基本性质。

(1) 任何基本体的截交线都是一个封闭的平面图形(平面折线、平面曲线或两者的组合)。

(2) 截交线是截平面与立体表面的共有线。

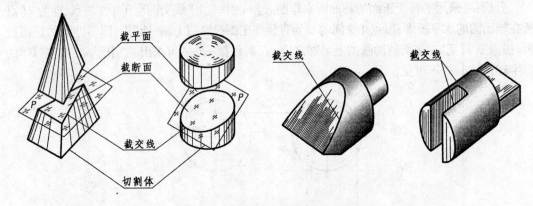

图3.11　切割体及截交线的概念示例

2.平面切割体投影

平面与平面立体表面相交,其截交线是截平面与立体表面的交线,平面图形多边形的各个顶点是截平面与平面体的棱线或平面转折处的交点,多边形的每一条边是棱面与截平面的交线。因此,求平面切割体的投影,即求平面立体的截交线,就是求出各棱线与截平面的交点,并连线得截交线。

如图3.12所示,正六棱柱的左上角被正垂面截切,根据正面投影,完成其水平投影和侧面投影。

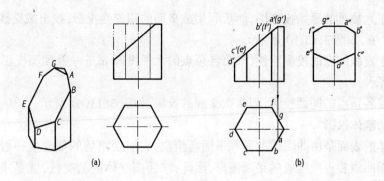

图 3.12　正六棱柱截切后的投影

　　由图 3.12(a) 可知，截平面从六棱柱的左棱线切至顶面，截交线为 *AB*、*BC*、*CD*、*DE*、*EF*、*FG* 和 *GA*，其中 *GA* 是截平面与六棱柱顶面的交线。由于截交线是截平面与立体表面的交线，是它们的共有线，则截交线的正面投影积聚成一条斜线。截交线又是六棱柱表面上的线，水平投影积聚在六边形上，而 *GA* 是正垂线，则水平投影为垂直于 *X* 轴的直线。根据正面和水平投影，可求出侧面投影。由于六棱柱的右棱线没有被切到，所以右棱线不可见，d'' 以上为虚线，d'' 以下的实线为左棱线，如图 3.12(b) 所示。

　　作如图 3.13(a) 所示正六棱锥被正垂面截切后的投影。

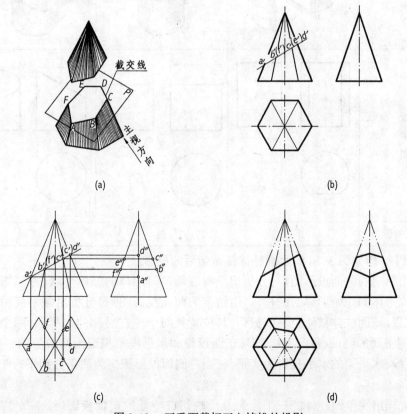

图 3.13　正垂面截切正六棱锥的投影

先画出正六棱锥的原始投影图,然后利用截平面的积聚性投影,找出截交线各顶点的正面投影 a'、$b'\cdots$,如图 3.13(b) 所示。

根据属于直线的点的投影特性,求出各顶点的水平投影 a、$b\cdots$ 及侧面投影 a''、$b''\cdots$,如图 3.13(c) 所示。

依次连接各顶点的同面投影,即为截交线的投影,如图 3.13(d) 所示。

3. 曲面切割体投影

曲面立体的表面是由曲面或曲面和平面所组成,它们切割后的截交线一般是封闭的平面曲线或平面曲线和直线围成的平面图形。因此,求曲面立体的截交线,就是求出截平面与曲面立体上被截各素线的交点,然后一次连接即可。

(1)圆柱体切割

由表 3.1 可知,截平面与圆柱轴线的相对位置不同时,其截交线有 3 种不同的形状。

表 3.1　　圆柱体的截交线

截平面的位置	与轴线平行	与轴线垂直	与轴线倾斜
轴测图		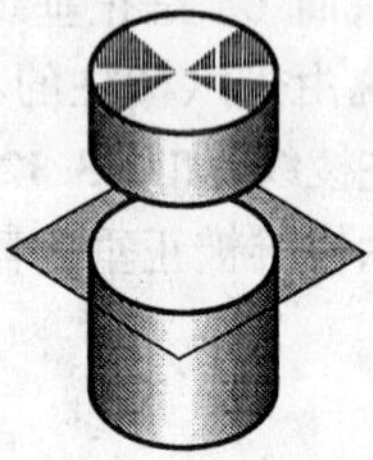	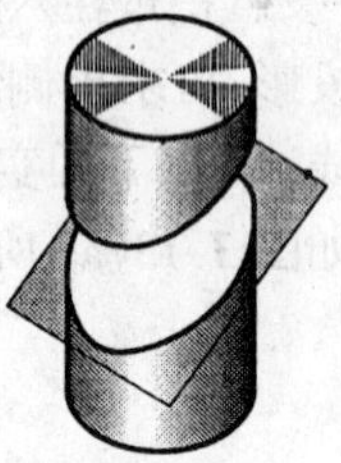
投影图	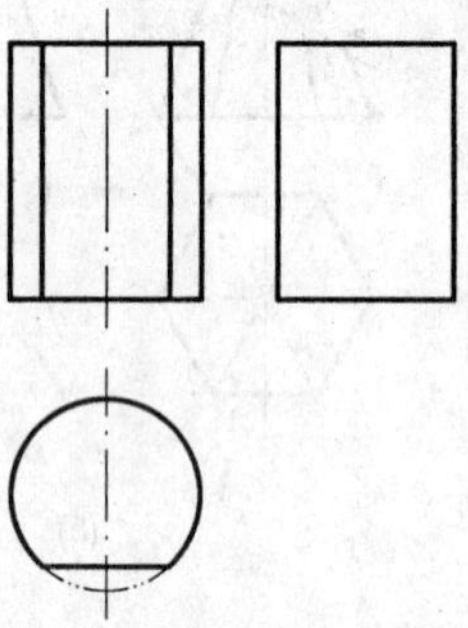	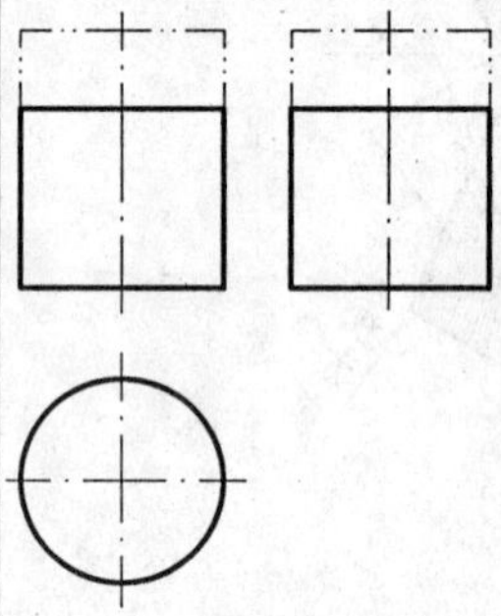	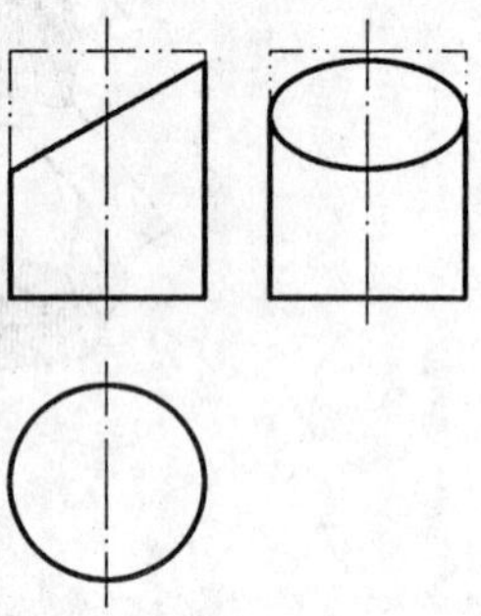
截交线的形状	矩形	圆	椭圆

【例 3.1】　作如图 3.14 所示圆柱体被截切后的投影。

分析:由给定的两面投影图形,分析出没有被切口时形体的原始形状。根据圆柱的图形特征可知,该形体的原始形体为圆柱体。由给定的两面投影图形,分析出截平面的个数以及截平面的位置。该圆柱体被 4 个平面截切,其位置是两个左右对称的侧平面,两个左右对称的水平面。侧平面的侧面投影反映实形,正面投影和水平投影积聚为两条分别平行于 Z 轴和 Y 轴的直线。水平面的水平投影为实形,正面与侧面投影积聚为两条分别平行于 X 轴和 Y 轴的直线。

作图:先画出完整圆柱体的三个投影及反映切口特征的正面投影(线 $m'n'$),然后在水平投影上画出竖向线。作切口的 W 面投影时,应通过水平投影上点求得,由线求面,注意

$d''b''$ 不应与前后轮廓素线相接,如图 3.14 所示。

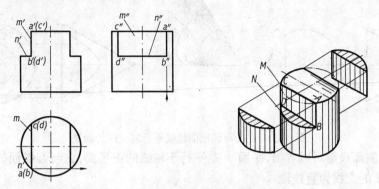

图 3.14　圆柱体截交线

(2) 圆锥体切割

由表 3.2 可知,截平面与圆锥轴线位置不同,其截交线将有 5 种不同的形状。

表 3.2　圆锥体的截交线

截平面的位置	与轴线垂直	过圆锥顶点	平行于任一素线	与轴线倾斜 (不平行于任一素线)	与轴线平行
轴测图					
投影图					
截交线的形状	圆	两相交直线	抛物线	椭圆	双曲线

【例 3.2】　完成平面 P 与圆锥面的交线的正面投影,如图 3.15 所示。求作圆锥切割后的投影。

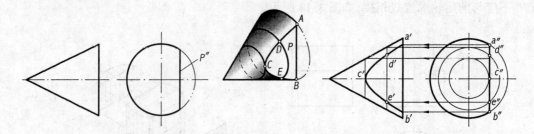

图 3.15　平面与圆锥面轴线平行时交线的画法

分析:从侧面投影可以看出,平面 P 是平行于轴线的正平面,它与圆锥面的交线为双曲线与圆锥底面的交线为直线段。

作图:作特殊点。特殊点为 A、B、C 点。点 C 是双曲线的顶点,在圆锥最前素线上;点 A、B 为双曲线的端点,在圆锥底圆上,这 3 点也是极限点。a'、b' 可直接由 a''、b'' 求得。由于未画水平投影,c' 必须通过辅助纬圆求得,这个纬圆的侧面投影应通过 c'',并与直线 $a''b''$ 相切。

从双曲线的侧面投影入手,用圆锥面上取点法。图中示出了在侧面投影上任取一点 d'',利用辅助纬圆求得 d' 的方法,同时还得到了与 d' 对称的另一点 e';依次光滑连接各共有点的正面投影,完成作图。

(3) 圆球的切割体

圆球被任意方向的平面截切,其截交线都是圆。当截平面为投影面平行面时,截交线在所平行的投影面上的投影为一圆,其余两面投影积聚为直线。

【例 3.3】　正垂面 P 与圆球体表面相交,求截交线的投影。

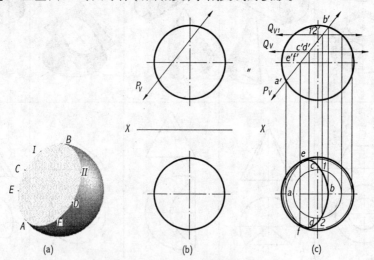

图 3.16　正垂面与圆球体表面相交

分析:如图 3.16(a)、(b)所示,截交线的正面投影重合在 P_V 上,水平投影为椭圆。椭圆的长、短轴的端点为点 A、B、C、D,俯视外形线上的点为点 E、F,上述各点可以水平面为辅助面求得,如图 3.16(a)所示。

作图:(1) 椭圆短轴上两端点 a、b,由 a'、b' 求得。点 A、B 亦为截交线的最低、最高、最左、最右点。

(2) 椭圆长轴上两端点的正面投影 c、d 在 ab 的中点处。过 cd 作水平面 Q_V，可求得 c、d。点 D、C 亦为截交线的最前、最后点。

(3) 求俯视外形线上的点 E、F，由 e、f 直接求得 e'、f'。

(4) 求中间点：在正面投影的 ab 之间，任作一水平面 Q_{V_1}，可求得 1、2 及 $1'$、$2'$。

(5) 将各点依次连成光滑曲线。

由此，即得截交线的投影。

(4) 一般组合曲面体的切割

【例 3.4】 求作连杆头的投影，如图 3.17 所示。

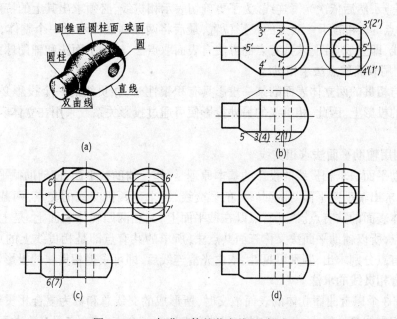

图 3.17 一般曲面体的截交线(连杆头)

分析：连杆头由共轴的小圆柱、圆锥台、大圆柱及半球(大圆柱与半球相切)组成，前、后被对称的两个正平面截切。截平面与圆锥台的截交线为双曲线，截平面与大圆柱的截交线是两条直素线，截平面与球的截交线为半圆，所得的 3 段截交线将组成一个封闭的平面图形。由于连杆头的轴线为侧垂线，截平面是正平面，所以整个截交线的水平投影和侧面投影分别积聚为直线，只需求出其正面投影即可。

作图：(1) 作特殊点。根据水平投影和侧面投影(积聚性投影)可作出特殊点的正面投影 $1'$、$2'$、$3'$、$4'$、$5'$。

(2) 求一般点。利用辅助圆法可求出双曲线上一般点的正面投影 $6'$、$7'$(见图 3.17(c))。

(3) 连线。将各点的正面投影依次光滑地连接起来，即为所求截交线的正面投影(见图 3.17(d))。

3.3 相贯体的投影

两立体相交，在其表面上产生的交线称为相贯线，相交的立体称为相贯体。根据相贯体表面几何形状不同，可分为两平面立体相交、平面立体与曲面立体相交以及两曲面立体相交

3 种情况。本节简要介绍两曲面立体相交。

1.相贯线的特性

曲面立体相贯线具有以下的性质。

(1) 相贯线是两回转体表面上的共有线,也是两回转体表面的分界线,所以相贯线上的点是两回转体表面上的共有点。

(2) 相贯线一般为封闭的空间曲线,特殊情况下可能是平面曲线或直线。

2.相贯线的作图方法

既然相贯线是两曲面立体表面的共有线,那么求相贯线的实质是求两曲面立体表面的一系列共有点,然后依次光滑连线。为了更确切表示相贯线,必须求出其上的特殊点(极限位置点、转向点等) 和若干一般点的投影位置,最后将两曲面立体看做一个整体,按投影关系整理轮廓线,即完成全图。求共有点的方法有表面取点法、辅助平面法和辅助球面法。

(1) 利用表面取点法求相贯线

当参与相贯的两立体表面的某一投影具有积聚性时,相贯线的一个投影必积聚在这个有积聚性的投影上。因此,相贯线的另外投影便可通过投影关系或采用在立体表面取点的方法求出。

(2) 利用辅助平面法求相贯线

用辅助平面法求相贯线的投影的基本原理是:作一辅助截平面,使辅助截平面与两回转体都相交。求出辅助截平面与两回转体的截交线,再求出两截交线的交点,两截交线的交点为两回转体表面的共有点。该共有点既在截平面上,又在两回转体表面上,是上述三个表面所共有的点,所以辅助平面法又称三面共点法,所求的共有点即是相贯线上的点,将这样一系列的共有点分别求出,判别可见性,依次光滑连线后,即可求得相贯线的投影。

3.复合相贯线的求法

3 个或 3 个以上曲面立体的表面汇交时,所形成的交线总和称为复合相贯线。复合相贯线由若干相贯线复合组成,各段相贯线间的交点称为结合点。结合点是各个曲面立体表面的共有点,也是各条相贯线的分界点。求复合相贯线时,除注意求出各部分相贯线的特殊点及一般点外,还应注意求出结合点。

第 4 章　组合体的视图

任何复杂的机械设备,都是由若干个零部件装配而成,而这些零件,从几何学观点,都可抽象成是由一些基本几何体(柱、锥、球、环等)经叠加或挖切组合而成。这种由几个基本几何体组成的物体,称为组合体。本章将主要研究组合体视图的分析、画图、看图及尺寸标注等问题。

4.1　组合体的三视图

组合体是由若干几何形体按照一定方式叠加,或由一个几何形体挖切去若干几何形体后所形成的立体。图 4.1(a) 是一个组合体在 H、V 和 W 三面投影体系中的三个投影,根据国家标准《机械制图应用示例图册》的有关规定,组合体在 H、V 和 W 三个投影面上的投影称为组合体的三视图,组合体的正面投影称为主视图,组合体的水平投影称为俯视图,组合体的侧面投影称为左视图。图 4.1(b) 是图 4.1(a) 所示组合体的三视图。

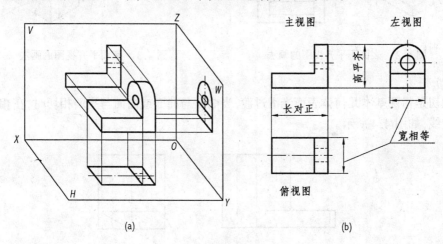

图 4.1　组合体的基本视图

画组合体三视图时必须遵守三视图间的投影规律:主、俯视图长对正;主、左视图高平齐;俯、左视图宽相等,即三等规律。

4.1.1　组合体形体分析

在对组合体进行绘图、读图和标注尺寸的过程中,通常想象把组合体分解成若干个基本体,分析清楚各部分的形状、相对位置、组合形式以及表面间的相对位置关系,这种方法称为形体分析法。

1.组合体组成形式

(1)叠加

两形体以平面相接触时,称为叠加。叠加是两形体组合的最简单形式,当两形体以叠加的方式组合在一起时,其表面连接方式有两种。

①不平齐。当两形体表面连接处不平齐时,在视图中应各自画线。如图4.2所示,组合体是由长方形底板和一端为半圆形的立板叠加而成,两板的前、后表面不平齐,所以在主视图中,应分别画出各自的轮廓线。

②平齐。当两形体表面连接处平齐时,两形体的表面相互构成了一个完整的平面,其连接处的轮廓线消失。在视图中,此处就不应该再画出轮廓线。如图4.3所示,组合体的主视图在两形体连接处没有轮廓线,说明两形体的前后表面是平齐的。

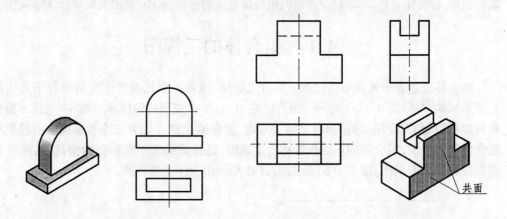

图4.2　表面不平齐视图的画法　　　　　图4.3　表面平齐视图的画法

(2)相切

相切是指两基本几何体表面光滑过渡,当曲面与曲面或曲面与平面相切时,在相切处不存在交线,如图4.4所示。

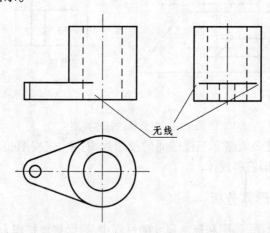

图4.4　几何体相切视图的画法

(3)相交

相交是指两基本几何体表面彼此相交。相交处应画出交线,如图4.5所示。

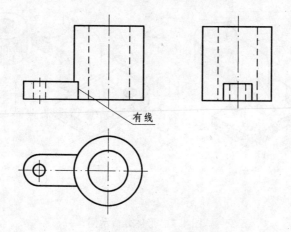

图 4.5　几何体相交视图画法

(4) 切割

当形体是由基本体通过切割而形成时,画图时关键是求截切面与形体表面的交线。图 4.6(a) 所示的物体,可看成是由长方体经切割而形成的。画图时,可先画完整长方体的三视图,然后逐个画出被切部分的投影,如图 4.6(b) 所示。

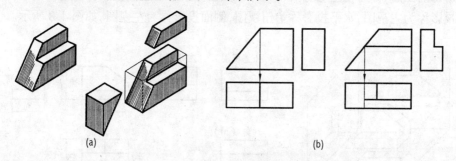

(a)　　　　　　　　　　　　　　　　　(b)

图 4.6　几何体切割视图画法

(5) 综合

综合是指几何体组合形式既有叠加又有切割。

2. 形体分析

形体分析法是画、看组合体视图以及标注尺寸的最基本方法之一。在对组合体进行形体分析时,应根据实际情况,将其形状分解为比较简单的形体,如图 4.7(a) 所示的支架可假想分解为由矩形四棱柱底板(A)、空心圆柱(B)、四棱柱叠加成直角的连接板(C)、三棱柱形肋板(D)、底板底部挖去的一个四棱柱(E) 和两个小圆柱组成。它们之间的组合形式及相对位置是:连接板叠加在底板上,并且与底板的右端面平齐,前后对称;空心圆柱同连接板前后侧面相切,且与连接板上下居中;肋板叠加在底板上,与连接板的左侧面靠齐且前后对称;形体 E 是在形体 A 上前后对称且位于底部挖切的一个四柱体,如图 4.7(b) 所示。综合起来,支架是一个上中下叠加且有挖切的组成结构,并且具有前后对称面。

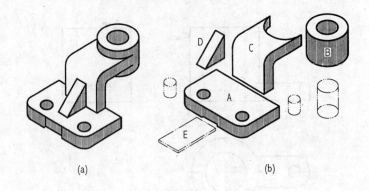

图 4.7　形体分析示例

4.1.2　组合体三视图画法

1.三视图的组成

物体在投影面体系中的正投影,称为物体的三面投影。而国家标准规定,将机件向投影面投影所得的图形,称为视图。因此,将物体在三面体系中的三面投影称为物体的三面视图。其正面投影称为主视图,水平投影称为俯视图,侧面投影称为左视图,如图 4.8 所示。

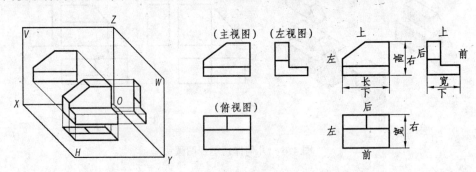

图 4.8　组合体三视图

主视图反映了物体上下、左右的位置关系,即反映了物体的高度和长度。左视图反映了物体上下、前后的位置关系,即反映了物体的高度和宽度。

俯视图反映了物体左右、前后的位置关系,即反映了物体的长度和宽度。

虽然在画三视图时隐去了投影轴和视图间的投影连线,但其投影规律未变,画图时必须严格遵守,保证物体的上、下、左、右和前、后六个部位在三视图中的位置及对应关系。要特别注意:俯视图的下边与左视图的右边都反映物体的前面,俯视图的上边与左视图的左边都反映物体的后面。俯视图与左视图同时反映物体的宽度方向的位置关系,画图时在隐去了投影轴的情况下,通常是在俯、左视图中选取同一作图基准(对称轴线、表面等),作为确定物体宽度方向的位置关系的度量基准,以保证对物体正确表达。

2.组合体三视图画图步骤

组合体画图时,由于形体较为复杂,应采用形体分析法,有分析有步骤地进行画图。下面以图 4.9 所示的组合体为例,说明其画图步骤。

(1) 分析形体

图 4.9 所示的组合体是一个上中下叠加且有切割的综合的组合结构,整体具有左、右对称面。它可分为由底板、支承板、空心圆柱体、肋板和凸台组成,如图 4.9 所示。底板底部挖去一个四棱柱,顶部叠加有圆柱形凸台,并有两个安装用的圆柱通孔。支承板叠放在底板上,它与底板的后端面平齐,上方与空心圆柱面相切。空心圆柱体下方与支承板结合,后面较支承板向后突出一些,在其上部有一个圆柱形凸台与其垂直相贯,凸台内有油孔与空心圆柱孔相通,使内外圆柱表面均具有相贯线。肋板叠加在底板上,其上部与圆筒相交,后端面与支承板靠齐。

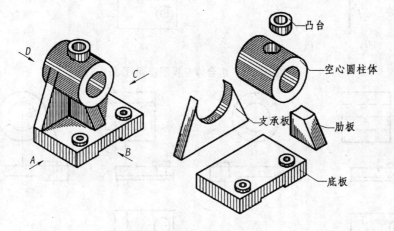

图 4.9　组合体形体分析

(2) 选择视图

在画组合体的三视图时,将组合体摆正放平后,一般要选择反映组合体各组成部分结构形状和相对位置较为明显的方向作为主视图的投射方向,并应使形体上的主要面与投影面平行,同时还要考虑其他视图的表达也要清晰。根据以上原则,分析比较后,C 向视图表达各形体间的相对位置较为明显,并反映出肋板的形状特征,为最佳投影方向。

(3) 选择比例,确定图幅

主视图投射方向确定后,应该根据实物大小和复杂程度,按标准规定选择画图的比例和图幅。在一般情况下,尽量采用 1∶1 的比例。确定图幅大小时,除了要考虑画图面积大小外,还应留足标注尺寸和画标题栏等的空间。

(4) 开始画图

① 画出各视图的图形定位线,包括对称中心线、轴线和基准线,如图 4.10(a) 所示。

② 根据形体分析,画底板,如图 4.10(b) 所示。

③ 画空心圆柱体,如图 4.11(a) 所示。

④ 画支承板,如图 4.11(b) 所示。

⑤ 画肋板,如图 4.12(a) 所示。

⑥ 最后进行检查,按形体逐个仔细校核;判断可见性,描深加粗全图,如图 4.12(b) 所示。

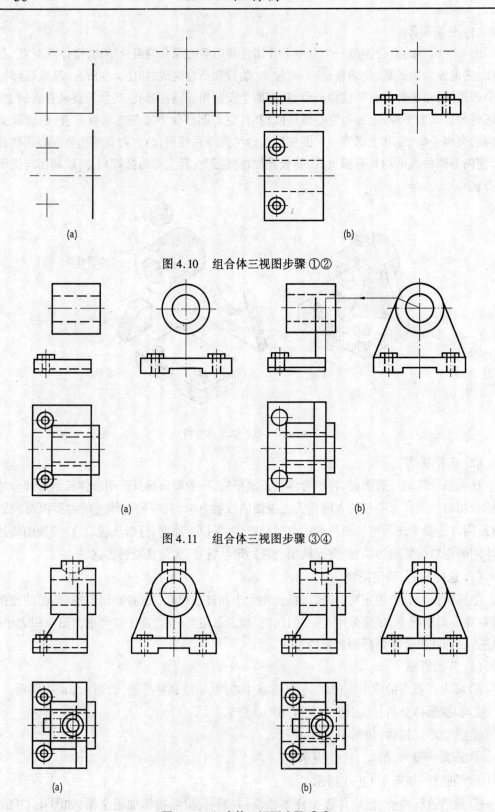

图 4.10　组合体三视图步骤 ①②

图 4.11　组合体三视图步骤 ③④

图 4.12　组合体三视图步骤 ⑤⑥

(5) 画图过程的注意事项

① 应按投影规律逐个绘制每一个基本体的三视图。切忌照相式画图,也不应单独地画完组合体的一个视图后再画其他的视图。

② 截交线的投影要先画有积聚性的投影,再根据投影关系画出截交线的其他投影。

③ 画每一部分时,一般先画主要结构,后画次要结构;先画可见部分,后画不可见部分;先画圆或圆弧,后画直线。

④ 相贯线的投影通常在最后画出,正确处理相邻两基本形体表面的连接关系。

4.2 尺 寸 标 注

视图只能表达组合体的形状,而各部分形状的大小及其相对位置,要通过标注尺寸来确定。

1.组合体尺寸标注的要求

(1) 尺寸标注要正确。尺寸标注应符合国家标准中的基本规定,并且尺寸数字准确无误。

(2) 尺寸标注要完整。标注尺寸要完整,不能遗漏或重复。

(3) 尺寸标注要清晰。尺寸的布局要整齐清晰,便于读图。

(4) 尺寸标注要合理。标注的尺寸要保证设计要求,便于加工测量。

2.组合体尺寸标注的种类

为了将尺寸标注得完整,仍要应用形体分析法将组合体分解为多个基本形体,标注出各个基本形体的尺寸并确定它们之间的相对位置尺寸,最后标注总体尺寸。所以在组合体的视图上,一般需标注下列几种尺寸。

(1) 定形尺寸。确定各基本形体形状大小的尺寸。

(2) 定位尺寸。确定各基本形体相对位置的尺寸。

(3) 总体尺寸。确定组合体总长、总宽、总高的尺寸。

3.组合体尺寸标注步骤

(1) 用形体分析法分析该组合体由哪些基本形体组成,明确各基本形体之间的组合方式及相对位置。如图 4.13(a)、(b)、(c) 所示,分解为底板、立板、三角板。

(2) 选择长、宽、高三方向的尺寸基准。尺寸基准是标注尺寸的起点。由于组合体都有长、宽、高三个方向的尺寸,因此,在每个方向上都至少要有一个尺寸基准,如图 4.13(d) 所示。

(3) 标注每一个单个形体的定形尺寸、定位尺寸。

(4) 标注总体尺寸。在长、宽、高三方向上各去掉一定形尺寸,再标注三个方向的总体尺寸,如图 4.13(e) 所示

(5) 检查。补全漏掉的尺寸,去掉多余的尺寸。检查的方法仍用形体分析法,检查每一个形体的定形、定位尺寸是否齐全。

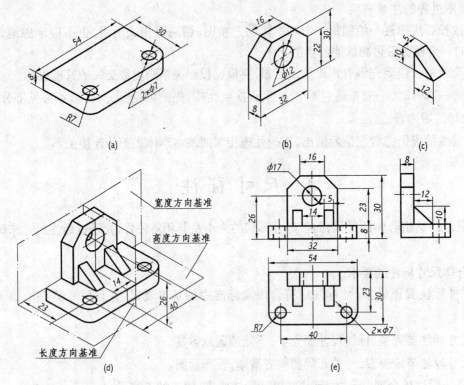

图 4.13　组合体尺寸标注步骤

4.3　组合体读图

　　读图和画图是学习本课程的两个重要方面,画图是运用正投影原理把空间形体表达在平面图形上,而读图则是运用正投影原理,根据三视图的投影规律,想象出空间物体的结构形状,一般采用形体分析法和线面分析法。

4.3.1　读图的基本规则

1.几个视图联系起来看

　　在没有标注尺寸的情况下,单凭一个视图不能确定物体的形状及其组成部分的相对位置关系。有时即使有两个视图,如果视图选择不当,也可能确定不了物体的形状。如图 4.14所示,两个不同的组合体其主视图、俯视图相同。

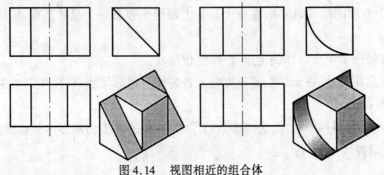

图 4.14　视图相近的组合体

2. 读图善于抓特征,包括形状特征和位置特征

在组合体的三视图中,主视图是最能反映物体的形状和位置特征的视图,但一个视图往往不能完全确定物体的形状和位置,必须按投影对应关系与其他视图配合对照,才能完整地、确切地反映物体的形状结构和位置。如图4.15所示,根据主、俯视图,并不能确定 Ⅱ 的形状,也不能确定 Ⅰ 和 Ⅱ 的前后位置关系,即 Ⅰ 和 Ⅱ 两部分哪个凹进,哪个凸出。只有根据反映其形体特征最明显的左视图,才能惟一确定 Ⅱ 的形状和 Ⅰ、Ⅱ 的前后位置关系。

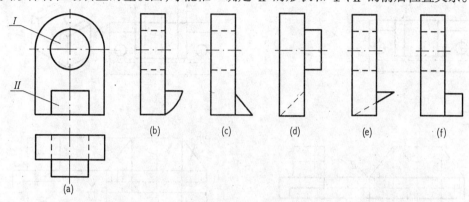

图 4.15　根据形状特征和位置特征读图

3. 读图时应分析视图中对应线和线框的含义

视图中每一个封闭线框一般对应一个面的投影,根据视图对应关系,对应这个面的其余投影就能确定这个面到底是平行面、垂直面、一般位置面,还是回转面。图中一个封闭线框只表示一个基本体的投影;两个相邻的封闭线框,表示物体不同位置的平面的投影。图线有面的积聚投影、面与面之间的交线和回转体的转向线 3 种情况。

4.3.2　组合体读图基本步骤

1. 形体分析

根据组合体的视图,从图上识别出各个基本形体,再确定它们的组合形式及相对位置,综合想象出整体形状。

(1) 对应投影关系将视图中的线框分解为几个部分

根据图 4.16(a) 中的主视图,可以把该组合体分成 Ⅰ、Ⅱ、Ⅲ、Ⅳ 四个不同的部分。从形体 Ⅰ 的主视图出发,向下、向左对投影,找到俯、左视图上相应的投影,如图 4.16(b) 中粗线所示。

(2) 抓住每部分的特征视图,按投影对应关系想象出每个组成部分的形状

确定形体 Ⅰ 是一个长方体,在其上部挖了一个半圆柱形状的槽,如图4.16(b) 中粗线所示。同样,看形体 Ⅱ,其对应的投影如图4.16(c) 中粗线所示,是一块带弯边的长方形板,其上有两个小孔。最后通过对投影可以找到形体 Ⅲ、Ⅳ(左、右各一块) 的其余两投影,如图 4.16(d) 中粗实线所示,它们是两块三棱柱板。

(3) 由图中的画法分析确定各组成部分的相对位置、组合形式以及表面的连接方式

从图 4.16(a) 所示的主、俯视图上,可以清楚地看出各形体的相对位置带半圆形槽的长方体 Ⅰ 和两块三棱柱板 Ⅲ、Ⅳ 均在底板 Ⅱ 的上面,这三种形体的后部位于一个平面上。

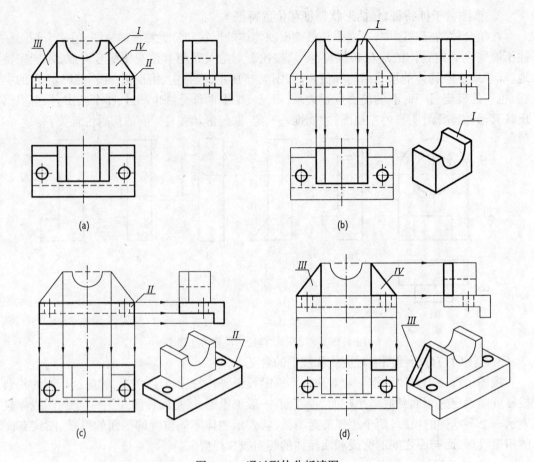

图 4.16　通过形体分析读图

（4）最后综合起来想象整体形状

在看懂各构成体的基础上，按各形体的相对位置组合起来，想出组合体的整体形状。这样综合起来想象整体就能形成如图 4.16(d) 所示的整体形状。

2.线面分析

有许多切割式组合体，有时无法运用形体分析法将其分解成若干个组成部分，这时看图需要采用线面分析法。线面分析法是运用投影规律把物体的表面分解为线、面等几何要素，通过分析这些要素的空间形状和位置，来想象物体各表面形状和相对位置，并借助立体概念想象物体形状，达到看懂视图的目的。

（1）抓住特征分部分

通过形体分析可知，主视图中 Ⅰ、Ⅱ 形体特征明显，左视图中形体 Ⅲ 特征突出，据此，可将该体大致分为三部分，如图 4.17(a) 所示。

（2）对准投影想形状

Ⅰ、Ⅱ 形体从主视图，Ⅲ 形体从左视图的线框出发，依据投影规律分别在其他两视图上找出对应投影，并想象出它们的形状，如图 4.17(b)、(c)、(d) 所示。

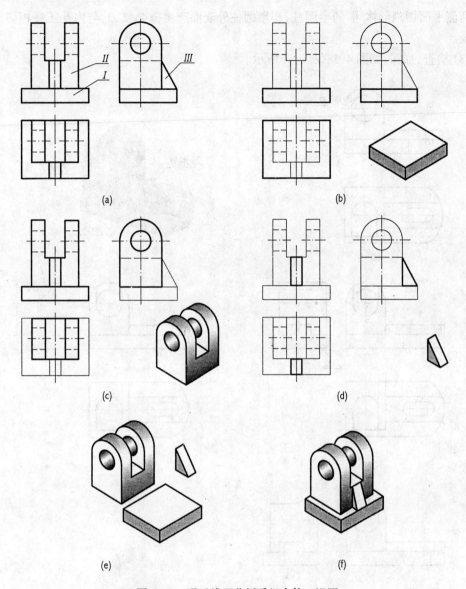

图 4.17　通过线面分析看组合体三视图

【例 4.1】　已知支座的主、俯视图,如图 4.18(a) 所示,补画其左视图。

分析:支座是由形体 Ⅰ、Ⅱ、Ⅲ 叠加而成的组合体。形体 Ⅰ 为一块板,其形状特征在俯视方向。形体 Ⅱ 由一半圆柱和四棱柱叠加而成,其上有一圆柱孔,并且在半圆柱上开有一 U 形槽和内孔相通。形体 Ⅲ 也是一块板,其形状特征在俯视方向。形体 Ⅲ 叠加在形体 Ⅰ 的上面,其左端圆柱面与形体 Ⅰ 平齐,开一长圆形通孔到下底面。从而构思出支架的形状如图 4.18(b) 所示。

作图:(1) 补画形体 Ⅰ、Ⅱ、Ⅲ 的左视图,如图 4.18(c) 所示。应注意形体 Ⅲ 叠加在形体 Ⅰ 的上面,其左端圆柱面 A 与形体 Ⅰ 的柱面 B 平齐,不画分界线。

(2) 补画形体 Ⅱ 半圆柱上 U 形槽的左视图,见图 4.18(d)。U 形槽和半圆柱相交,U 形槽的半圆柱面和形体 Ⅱ 的半圆柱相贯,外表面是一般交线 C,内表面是特殊交线 E;U 形槽的前方两侧平面切割形体 Ⅱ 的半圆柱,和半圆柱外表面产生截交线 D,与内孔正好相切,不应画切线。

　　(3) 检查,加深,如图 4.18(e)、(f) 所示。

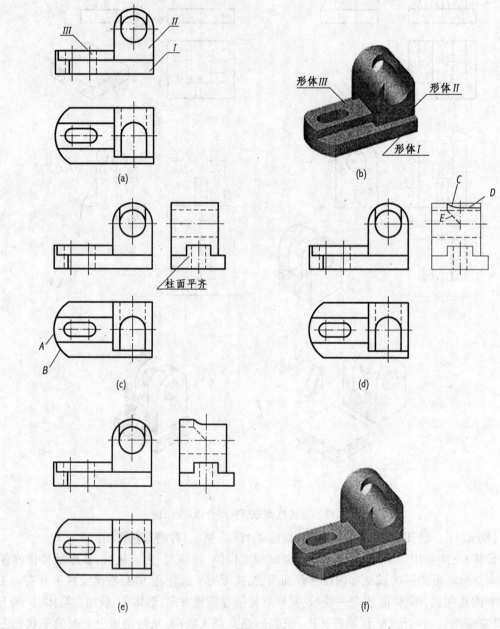

图 4.18

第 5 章 轴测图

应用正投影法绘制的三视图,能准确表达物体的形状和大小,且度量性好、作图方便,但缺乏立体感。而轴测图由于直观性强,能同时反映物体长、宽、高三个方向的形状,立体感强,但作图较正投影图复杂。

5.1 轴测图的基本知识

1.轴测图的形成

轴测图是由平行光线投射而成的,如图 5.1(a) 所示。光线垂直于投影面投射所得的轴测图称为正轴测图,光线倾斜于投影面投射所得的轴测图称为斜轴测图。光线、物体及投影面的相对位置变化无穷,所产生的轴测图也多种多样,为了作图方便起见,制图标准(GB/T 14692—1993) 只推荐了正等测、正二测及斜二测三种轴测图。本章仅介绍最常用的正等轴测图和斜二轴测图两种画法。

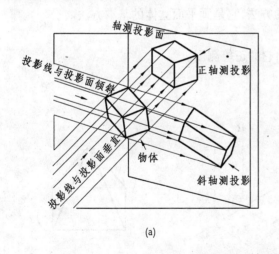
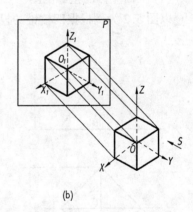

(a)   (b)

图 5.1　轴测投影图的形成

2.轴测图的要素

(1) 轴测投影轴

空间直角坐标轴 OX、OY、OZ 在轴测投影面上的投影 O_1X_1、O_1Y_1、O_1Z_1,称为轴测投影轴,简称轴测轴,如图 5.1(b) 所示。

(2) 轴间角

轴测轴之间的夹角,称为轴间角。如 $\angle X_1O_1Y_1$、$\angle Y_1O_1Z_1$、$\angle Z_1O_1X_1$,如图5.1(b) 所示。

(3) 轴向伸缩系数

物体上平行于直角坐标轴的直线段投影到轴测投影面 P 上的长度与其相应的原长之比,称为轴向伸缩系数。用 p、q、r 分别表示 OX、OY、OZ 轴的轴向伸缩系数。

3. 轴测图的分类

对于正轴测图或斜轴测图,按其轴向伸缩系数的不同又可分为三种。

① 如 $p = q = r$,称为正(或斜)等轴测图,简称正(或斜)等测。

② 如 $p = r \neq q$,称为正(或斜)二轴测图,简称正(或斜)二测。

③ 如 $p \neq q \neq r$,称为正(或斜)三轴测图,简称正(或斜)三测。

4. 轴测图的性质

由于轴测图是用平行投影法绘制的,所以具有平行投影的特性。

(1) 物体上互相平行的线段,轴测投影上仍互相平行;平行于坐标轴的线段,轴测投影仍平行于相应的轴测轴,且同一轴向所有线段的轴向伸缩系数相同。

(2) 物体上不平行于轴测投影面的平面图形,在轴测图上变成原形的类似形。画轴测图时,物体上凡是与 X、Y、Z 三轴平行的线段的尺寸(乘以轴向伸缩系数),可以沿轴向直接量取。

5.2　正等轴测图

正等轴测图的三个轴间角均相等,即 $\angle X_1 O_1 Y_1 = \angle Y_1 O_1 Z_1 = \angle X_1 O_1 Z_1 = 120°$。

5.2.1　基本作图方法

坐标法,按坐标画出物体各顶点轴测图的方法,它是画平面立体的基本方法。

(1) 平面立体的正等测图

以图 5.2 为例根据四棱锥的投影图,画出它的正等测图。

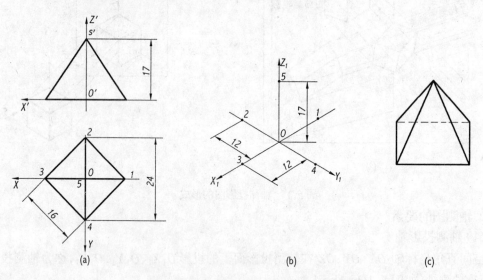

图 5.2　用坐标法画四棱锥的正等测图

画轴测图的一般步骤如下。

① 根据形体结构特点,确定坐标原点位置,一般选在形体的对称轴线上,且放在顶面或底面处。如图 5.2(a) 所示在四棱锥的视图上定坐标轴和坐标原点。

② 根据轴间角,画轴测轴。画轴测轴、定底面各顶点和根据锥顶的高度定出 5 点。如图 5.2(b) 所示。

③ 按点的坐标作点、直线的轴测图,一般自上而下,根据轴测投影基本性质,依次作图,不可见棱线通常不画出。如图 5.2(c) 所示连接各顶点并加深图线。

(2) 曲面立体的正等测图

① 平行于坐标平面的圆的正等轴测图,如图 5.3 所示。

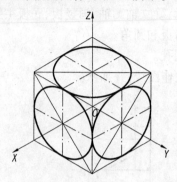

图 5.3 平行于坐标平面的圆的正等轴测图

② 圆柱的正等轴测图,如图 5.4 所示。

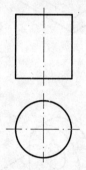 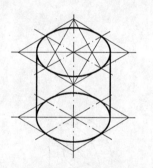 

图 5.4 圆柱的画法

③ 平板圆角的正等轴测图的画法,如图 5.5 所示。

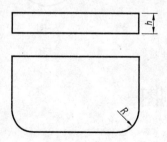 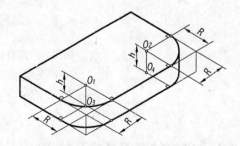

图 5.5 平板圆角的画法

5.2.2 组合体正等测图画法

【例 5.1】 画出支架的正等测图。

分析:根据支架的结构特点,建立直角坐标系,如图 5.6(a) 所示。

作图:① 如图 5.6(b) 所示,确立轴测轴,画竖板、底板主要轮廓线。

② 如图 5.6(c) 所示,画肋板和圆角。

③ 如图 5.6(d) 所示,画圆孔。

④ 如图 5.6(e) 所示,擦去作图线,并加深。

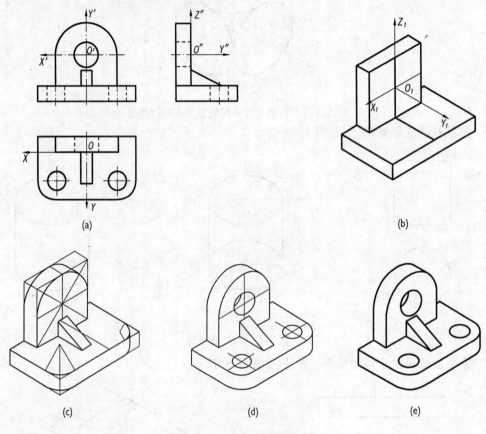

图 5.6 组合体的画法

5.3   斜二轴测图

5.3.1 斜二轴测图形成及特点

在轴测投影中,当投射方向倾斜于轴测投影面时,所得投影为斜轴测投影。若将物体的一个坐标面 XOZ 放置成与轴测投影面平行,所选投影方向使 O_1Y_1 与 O_1X_1 轴之间的夹角为 $135°$,并使 O_1Y_1 的轴向伸缩系数为 0.5,如图 5.7 所示,则所得的图形为斜二轴测图,简称斜二测。

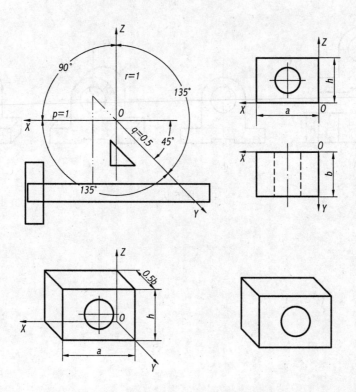

图 5.7　斜二轴测图

　　在斜二测中,由于物体上平行于 *XOZ* 坐标面的直线和平面图形都反映实长和实形,平行于 *XOZ* 坐标面上的圆的斜二测投影仍是圆,且直径不变。所以,当物体上有较多的圆或曲线平行于 *XOZ* 坐标面时,采用斜二测作图比较方便。

5.3.2　斜二轴测图画法

　　如图 5.8 所示,与正等测图示所不同的是轴间角不同以及斜二测图沿 O_1Y_1 轴只取实长的一半。在斜二测图中,形体上平行于 *XOZ* 坐标面的面能反映实形,因此,斜二测图应尽量的把形状复杂的平面或圆(弧)等摆放与 $X_1O_1Z_1$ 面平行,使作图简便,这是斜二测图的优点。

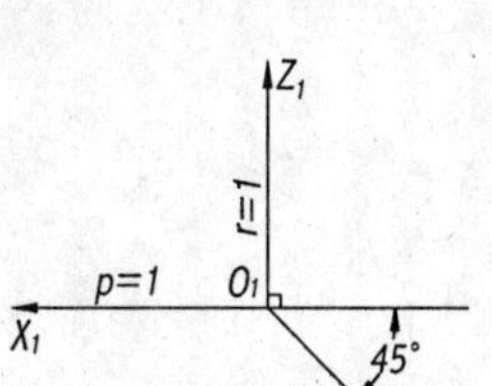

　　【例 5.2】　根据图 5.9(a) 所示支座的视图,画出它的斜二轴测图。

　　作图:(1) 如图 5.9(b) 所示,画支座正面的轮廓,与主视图相同。

　　(2) 如图 5.9(c) 所示,用平移法,圆心沿 *Y* 轴平移 15,确定 O_2,画出背面可见轮廓线。

　　(3) 如图 5.9(d) 所示,整理,加深。

图 5.8　斜二测的轴间角和轴向伸缩系数

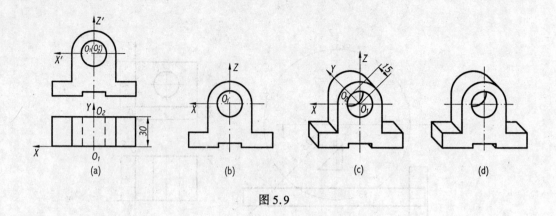

图 5.9

第6章 机件的常用表达方法

在实际生产中,当物体的形状和结构比较复杂时,仅采用前面章节所介绍的三视图还不足以完整、清晰地表达它们的内、外形状。因此,国家标准《机械制图》的"图样画法"(GB/T 17451—2002)中规定了各种表达方法,本章着重介绍一些常用的表达方法。

6.1 视 图

用正投影法绘出的机件图形称为视图。视图主要用来表达机件的外部结构和形状,一般用粗实线画出机件的可见部分,其不可见部分必要时也可用细虚线表示。视图通常有基本视图、向视图、斜视图和局部视图。

1.基本视图

机件向基本投影面投射所得的视图,称为基本视图(见图6.1)。

当物体的外部结构、形状在各个方向(上下、左右、前后)都不相同时,三视图往往不能清晰地把它表达出来。因此,必须增加投影面,以便得到更多视图。在原有三个投影面的基础上,再增加三个投影面就构成一个正六面体系(见图6.2)。国家标准将这六个面规定为基本投影面,包括主视图、俯视图、左视图、右视图、仰视图和后视图。

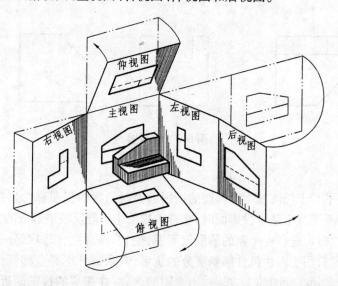

图6.1 基本视图

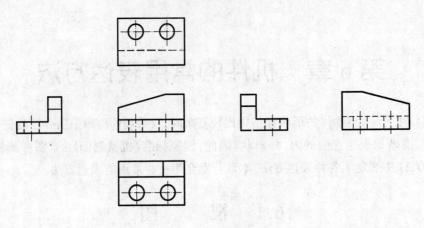

图 6.2　　基本视图画法

2. 向视图

向视图是可以自由配置的基本视图,是基本视图移位配置的另一种表达形式。在向视图上方用大写拉丁字母标注视图的名称,如图 6.3 所示,并在相应视图的附近用箭头指明投射方向,并标注相同的字母。

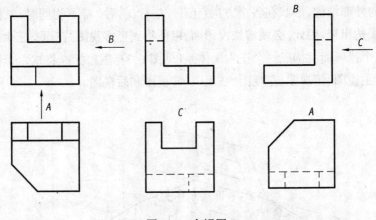

图 6.3　　向视图

3. 斜视图

将机件向不平行于任何基本投影面的投影面投射所得的视图称为斜视图。当机件上某部分的倾斜结构不平行于基本投影面时,在基本视图中不能反映该部分的实形,会给绘图和看图带来困难。这时可选择一个新的辅助投影面,使它与机件上倾斜部分平行,如图 6.4(a)所示。斜视图通常只用于表达机件倾斜部分的实形,其余部分不必全部画出,而用波浪线断开。画斜视图时,必须在视图的上方标注出视图的名称,在相应的视图附近用箭头指明投射方向,并注上相同的字母,字母一律水平方向书写,如图 6.4(b) 所示。

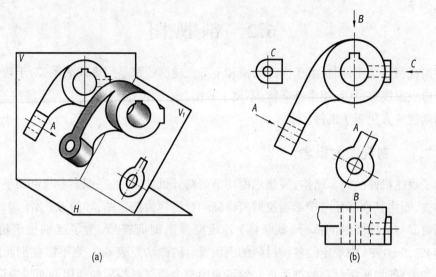

(a)　　　　　　　　　　　　　　(b)

图 6.4　斜视图

4. 局部视图

将机件的某一部分向基本投影面投射得到的视图,称为局部视图。当机件的主要形状已经表达清楚,只有局部结构未表达清楚,为了简便,不必再画一个完整的视图,而只画出未表达清楚的局部结构。局部视图的断裂边界以波浪线(或双折线、中断线)表示,如图 6.5 所示。当所表示的局部结构的外形轮廓是完整的封闭图形时,断裂边界线可省略不画,如图 6.5 所示的 B 局部视图。

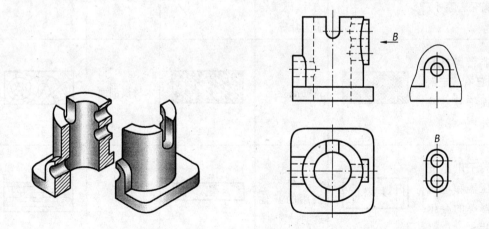

图 6.5　局部视图

6.2　剖 视 图

在用视图表达机件时,由于内部结构和不可见轮廓线都是用虚线表示,对于较复杂的零件就会造成虚线多,且互相重叠交错,不便于看图,也不便于标注尺寸。为了解决这个问题,常采用剖视的方法表达机件。

6.2.1　剖视图的概念

为了表达机件的内部结构,假想用剖切平面剖开机件,将处在观察者与剖切平面之间的部分移去,而将其余部分向投影面投射所得到的视图称为剖视图,如图 6.6 所示。

剖切面与机件接触的部分(截断面)规定要画出剖面符号,为了区别被剖机件材料,GB/T 4457.5—1984 中规定的各种材料的剖面符号的画法见表 6.1。当不需在剖面区域中表示材料的类别时,所用材料的剖面符号均可采用与金属材料相同的通用剖面线表示,通用剖面线应画成与水平方向或 45° 或 135° 的平行细实线。要注意,同一机件的不同剖视图上,其剖面线的间隔相等,倾斜方向应相同。

表 6.1　剖面符号(GB/T 4457.5—1984)

金属材料(已有规定剖面符号者除外)	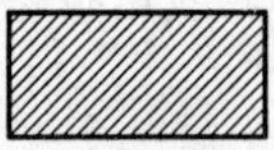	型砂、填砂粉末冶金、砂轮、陶瓷刀片、硬质合金刀片等	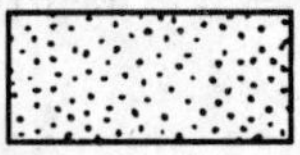	木材纵剖面	
非金属材料(已有规定剖面符号者除外)	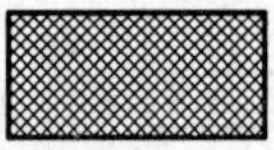	钢筋混凝土		木材横剖面	
转子电枢变压器和电抗器等的叠钢片		玻璃及供观察用的其他透明材料	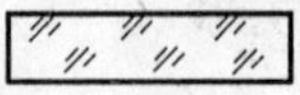	液体	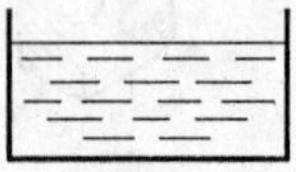
线圈绕组元件	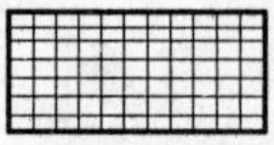	砖	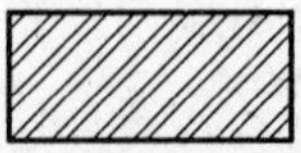	木质胶合板(不分层数)	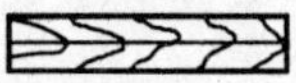
混凝土		基础周围的泥土		格网(筛网,过滤网)	

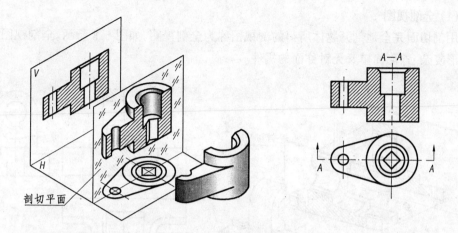

图 6.6   剖视图的形成和画法

6.2.2   剖视图的画法及标注

1.剖视图的画法

(1)确定剖切平面的位置,使剖切后的结构投影反映被剖切部分真实形状。

(2)当机件被剖切后,除了取剖视的视图外,其余视图应按完整机件画出。

(3)在绘制剖视图时,通常在机件的剖面区域画出剖面符号,以区别剖面区域与非剖面区域(见图 6.7)。

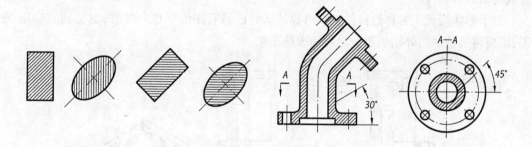

图 6.7   剖面线的画法

2.剖视图的标注

(1)画剖视图时,一般在剖视图的上方用大写的拉丁字母标注出视图的名称"× — ×",在相应的视图上用剖切符号标注剖切位置,剖切符号是线宽为(1 ~ 1.5)d,长为 5 ~ 10 mm 的粗实线。剖切符号不得与图形的轮廓线相交,在剖切符号的附近标注出相同的大写字母,字母一律水平书写。在剖切符号的外侧画出与其垂直的细实线和箭头表示投射方向。

(2)当剖视图按投影关系配置,中间又无其他图形隔开时,可省略箭头。

(3)当单一的剖切平面通过机件的对称平面或基本对称平面,且剖视图按投影关系配置,中间又没有其他图形隔开时,可省略标注。

3.剖视图的分类

国标规定,剖视图分为全剖视图、半剖视图和局部剖视图。

（1）全剖视图

用剖切面完全地剖开物体所得的剖视图称为全剖视图，如图 6.8 所示。全剖视图用于表达内形复杂、外形简单又无对称面的机件。

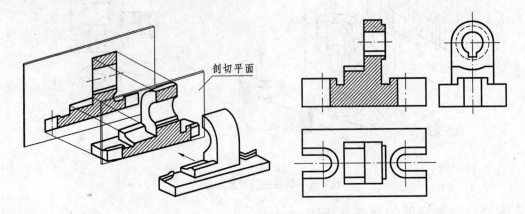

图 6.8　全剖视图

（2）半剖视图

当机件具有对称平面时，向垂直于对称平面的投影面上投射所得的图形，可以对称线为界，一半画成剖视图，另一半画成视图，这种组合的图形称为半剖视图，如图 6.9 所示。半剖视图能在一个图形中同时反映机件的内部形状和外部形状，故主要用于内、外结构形状都需要表达的对称机件。

对于形状接近于对称的机件且不对称的部分已另有图形表达清楚时，也可画成半剖视图，以便将机件的内外结构形状简明地表达出来。

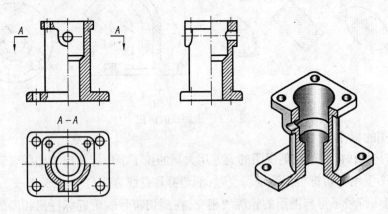

图 6.9　半剖视图

（3）局部剖视图

用剖切面局部地剖开机件，所得的剖视图称为局部剖视图，如图 6.10 所示。

局部剖视图是一种比较灵活的兼顾内、外结构的表达方法，且不受条件限制，但在一个视图中，局部剖切的次数不宜过多，否则就会影响图形的清晰度。画局部剖视图时应注意以下几点。

　　① 局部剖视图中,剖与不剖部分用波浪线或双折线分界。

　　② 当被剖物体是回转体时,允许将该结构的轴线作为局部剖视图中剖与不剖的分界线。

　　③ 当对称机件在对称中心线处有图线而不便于采用半剖视图时,应采用局部剖视图。

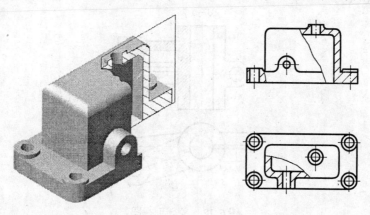

图 6.10　局部剖视图

4. 剖切面的分类

　　剖视图能否清晰地表达机件的结构形状,剖切面的选择是很重要的。剖切面共有三种,运用其中任何一种都可得到全剖视图、半剖视图和局部剖视图。

　　在剖视图中,剖切面需用剖切线或剖切符号表示,剖切线指示剖切面位置的线(细点画线);剖切符号指示剖切面起、迄和转折位置(用粗短画表示)及投射方向(用箭头表示)的符号

　　(1)用单一剖切面剖切

　　用平行于某一基本投影面的单一平面剖切,前面提到的那些剖视图例,都是采用这种方式剖切的,包括全剖、半剖、局部剖。前面介绍的剖面图都是单一剖切面剖切。

　　(2)用几个相交的剖切面剖切

　　用两个相交的剖切平面(交线垂直于某一投影面)剖开机件的方法,称为旋转剖。剖切面可以是平面,也可以是柱面。

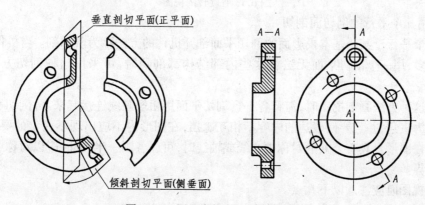

图 6.11　用几个相交的剖切面剖切

画旋转剖视图时应注意以下几点。

① 必须标注出剖切位置,在它的起、迄和转折处标注字母,在剖切符号两端画出表示剖切后的投射方向的箭头,并在剖视图上方注明剖视图的名称;但当转折处位置有限又不致引起误解时,允许省略标注转折处的字母。

② 剖切后产生不完整要素时,应将此部分按不剖绘制,如图 6.12 所示。

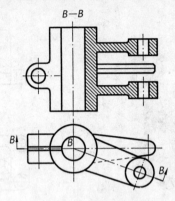

图 6.12　旋转剖视图

③ 在旋转剖视图中,剖切平面后与所表达的结构关系不太密切的其他结构一般仍按原来的位置投射,如图 6.13 所示。

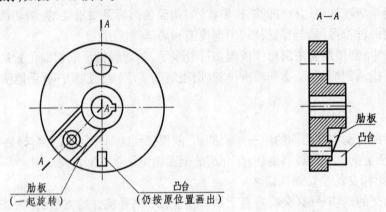

图 6.13　旋转剖视图

(3) 用几个平行的剖切面剖切

用几个平行于某一基本投影面的剖切平面剖开机件的方法称为阶梯剖。当机件内部结构层次较多,用一个剖切平面无法将这些内部结构都剖到时,可采用这种剖切方法,如图 6.14 所示。

采用这种方法画剖视图时,需将各平行剖切平面用粗短画线连接起来。各剖切平面的连接处必须为直角,并且要使表达的内容不相互遮挡,在图形内不应出现不完整的要素。仅当两个要素在图形上具有公共的对称中心线或轴线时,可以各画一半,此时应以对称中心线或轴线为边界。

画剖视图时应注意以下几点。

① 正确选择剖切平面的位置,图形中不应出现不完整的要素。

②因为剖切是假想的,所以设想将几个平行的剖切平面平移到同一位置后,再进行投影。此时,不应画出剖切平面连接处的交线,如图 6.15 所示。

③为清晰起见,各剖切平面的连接处不应重合在图形的实线或细虚线上,如图 6.16 所示。

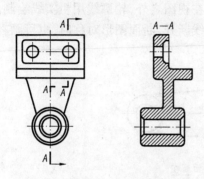

图 6.14　用几个平行的剖切面剖切

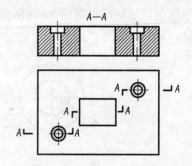

图 6.15　阶梯剖注意的问题 ②

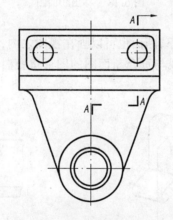

图 6.16　阶梯剖注意的问题 ③

6.3　断 面 图

　　假想用剖切面将物体的某处切断,仅画出该剖切面与物体接触部分的图形,称为断面图,简称断面。通常在断面上画剖面线,断面的剖面线画法,应与表示同一机件的剖视图上的剖面线方向、间隔相一致(见图 6.17)。断面图常用于表达机件上某一局部的断面形状,如机件上的肋板、轮辐、键槽、小孔及各种型材的断面形状等。

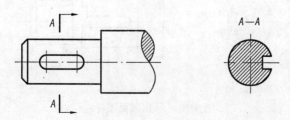

图 6.17　断面图

1.断面图的分类

断面图分为移出断面图和重合断面图。

（1）移出断面图

移出断面图是配置在视图之外的断面,图形画在视图之外,轮廓线用粗实线绘制。由两个相交平面剖切出的移出断面,中间部分应以波浪线断开,断面图形对称时,也可画在视图的中断处,如图 6.18 所示。

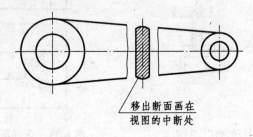

图 6.18　移出断面图

（2）重合断面图

在不影响图形清晰的条件下,断面也可以画在视图之内,称为重合断面图。断面轮廓线用细实线绘制,当视图中轮廓线与重合断面图的图形重叠时,视图中的轮廓线仍应连续画出,不可间断,如图 6.19 所示。

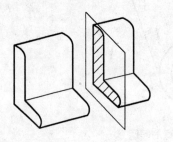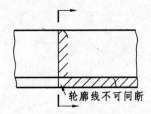

图 6.19　重合断面图

2.断面图的标注

（1）移出断面图标注

移出断面的名称为"×—×",在相应的视图上用剖切符号表示剖切位置和投射方向,并标注相同的大写字母,如图 6.20 所示。

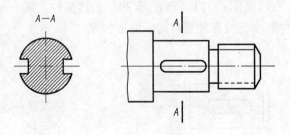

图 6.20　移出断面图标注

(2) 重合断面图标注

① 重合断面图形不对称时,需画出剖切符号和指明投射方向的箭头。

② 重合断面图形对称时,剖切符号、箭头和字母均可省略,如图 6.21 所示。

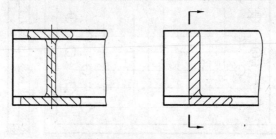

图 6.21　重合断面图标注

6.4　局部放大图和简化画法及其他规定画法

6.4.1　局部放大图

将机件的部分结构,用大于原图形采用的比例画出的图形,称为局部放大图。局部放大图可画成视图、剖视图、断面图,它与被放大部位的表达方式无关,应尽量配置在被放大部位的附近。画局部放大图,一般要用细实线圈出被放大的部位,如图 6.22 所示。当同一机件上有几个被放大的部位时,必须用罗马数字依次标明被放大的部位,并在局部放大图的上方标出相应的罗马数字和所采用的比例。

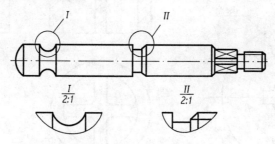

图 6.22　局部放大图

6.4.2　简化画法及规定画法

局部放大图简化画法的原则如下。

(1) 简化必须保证不致引起误解和不会产生理解的多意性,在此前提下,应力求简便。

(2) 便于阅读和绘制,注重简化的综合效果。

(3) 在考虑便于手工制图和计算机制图的同时,还要考虑图形缩微的要求。

1. 若干直径相同孔的简化画法

若干直径相同且成规律分布的孔(圆孔、螺孔、沉孔等),可仅画一个或几个,其余用点画线表示中心位置,注明孔的总数,如图 6.23 所示。

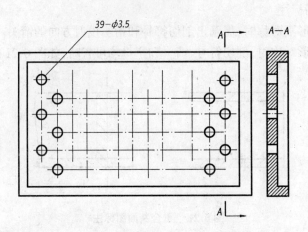

图 6.23　直径相同的孔简化画法

2. 若干相同结构的简化画法

当机件具有若干相同结构(齿、槽等),并按一定规律分布时,只需画出几个完整的结构,其余用细实线连接,但在零件图中必须注明结构的总数,如图 6.24 所示。

3. 肋板和轮辐及薄壁等剖切后的画法

于机件上的肋、轮辐及薄壁等,如按纵向剖切(剖切面平行于肋和薄壁的厚度方向或通过轮辐的轴线),这些结构都不画剖面符号,而用粗实线与其邻接部分分开,如图 6.25 所示。

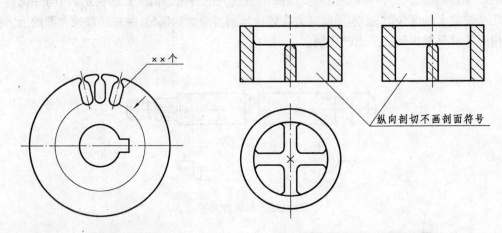

图 6.24　相同槽的简化画法　　　　　图 6.25　十字肋剖切后简化画法

4.回转体上平面的简化

当回转体零件上的平面在图形中不能充分表达时,可用两条相交的细实线表示。这种表示法常用于较小的平面,表示外部平面和内部平面的符号是相同的,如图 6.26 所示。

5.过渡线、相贯线简化画法

铸造和锻造的机件表面处,其表面交线多不明显,常用圆弧过渡表示。为了表示出相交表面的分界,画图时仍按没有过渡圆弧时的交线绘制,即用过渡线画出。但过渡线不与零件的轮廓线相交,在不致引起误解时,图形中的过渡线、相贯线可以简化,例如用圆弧或直线代替非圆曲线,如图 6.27 所示。

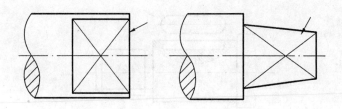

图 6.26　小平面的简化画法

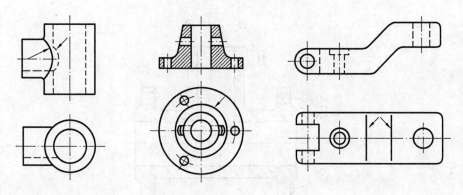

图 6.27　过渡线、相贯线简化画法

6. 其他简化画法

（1）在需要表示位于剖切平面前的结构时，这些结构可按假想投影的轮廓线绘制，如图 6.28 所示。

（2）在剖视图的剖面中可再作一次局部剖，习惯称为"剖中剖"。采用这种表达方法时，两个剖面的剖面线应同方向、同间隔，但要互相错开，并用引出线标注其名称，如图 6.29 所示。

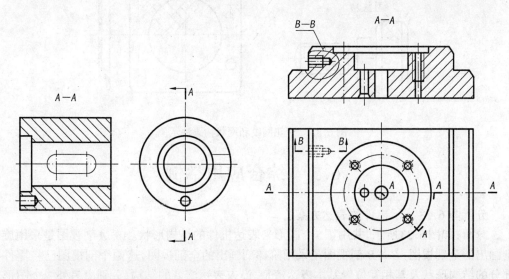

图 6.28　假想投影的画法　　　　　　图 6.29　剖中剖的简化画法

（3）机件上对称结构的局部视图，可以按图 6.30 简化。

（4）圆柱形法兰和类似机件上均匀分布的孔，可以按图 6.31 简化。

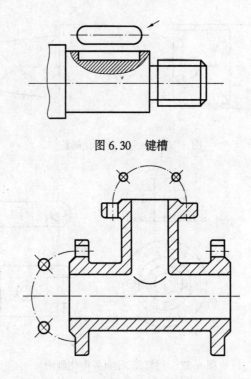

图 6.30　键槽

图 6.31　圆柱形法兰上孔的简化画法

（5）机件上的滚花部分、网状物或编织物，一般在轮廓线附近用细实线局部画出的方法表示，并在零件图上或技术要求中注明这些结构的具体要求，如图 6.32 所示。

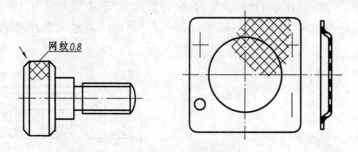

图 6.32　滚花网纹和网状物画法示例

6.5　综合应用举例

分析图 6.33 所示机件的表达方案。

分析：如图 6.33 所示，共用了 5 个图形来表达机件的结构形状。A—A 剖视图是采用旋转剖画出的全剖视图；B—B 剖视图是采用阶梯剖画出的全剖视图，这两个剖视图已将零件各部分的结构形状及其相互位置基本表达清楚。尚未表达清楚的结构，分别由另外 3 个图形补充表达：C—C 剖视图是采用单一剖画出的全剖视图，补充表达左上方圆筒、圆盘及其上 4 个小孔的形状和位置；D—D 剖视图是采用斜剖画出的全剖视图，按旋转配置，补充表达右前方的圆筒、腰圆形盘及其上孔的形状和位置；E 向视图是一个局部视图，补充表达顶部方板及其上孔的形状和位置。

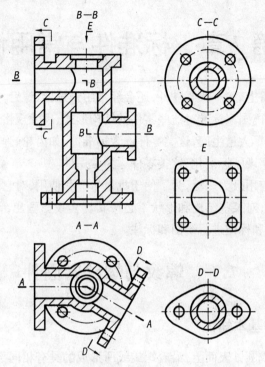

图6.33 综合举例

第7章 标准件与常用件

在各种机器和设备上,除一般零件外,还会经常用到螺栓、螺钉、螺母、垫圈、键、销、滚动轴承等标准件和常用件。国家标准对这些零件的结构形式、尺寸规格和技术要求等都有统一的规定,并由专门的工厂大量生产,这类零件称为标准件。如齿轮、弹簧等零件,其结构形式、尺寸规格只是部分地实现了标准化,这类零件称为常用件。

由于这些零件的应用极为广泛,为了便于批量生产和使用,对它们的结构和尺寸已全部或部分标准化。绘图时,对某些结构和形状不必按其真实投影画出,而是根据相应的国家标准所规定的画法、代号和标记进行绘图和标注。

7.1 螺纹与螺纹紧固件

7.1.1 螺纹的基本知识

螺纹是指在圆柱或圆锥表面上,沿着螺旋线所形成的具有相同剖面的连续凸起,一般将其称为"牙"。在圆柱或圆锥外表面上形成的螺纹称为外螺纹,在其内孔表面上所形成的螺纹称为内螺纹。

1. 螺纹的形成

螺纹是根据螺旋线形成的原理而制作出来的。当圆柱体绕自身轴线作匀速旋转运动,同时车刀沿轴线方向作匀速直线运动时,车刀切入圆柱体一定深度而形成螺纹。在车床上车削螺纹,是常见的形成螺纹的一种加工方法,如图 7.1 所示。

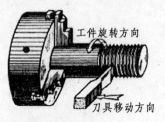
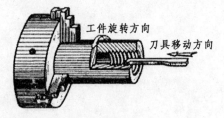

(a) 车外螺纹   (b) 车内螺纹

图 7.1 车削螺纹

2. 螺纹的基本要素

螺纹的基本要素主要是牙型、直径、螺距、线数和旋向等。

(1) 牙型

螺纹牙型是指螺纹件轴向剖面的轮廓形状,常用的有三角形、梯形、锯齿形等,如图 7.2 所示。不同牙型的螺纹有不同的用途,如三角形螺纹用于连接,梯形、方形螺纹用于传动等。

在螺纹牙型上,相邻两牙侧之间的夹角称为牙型角。

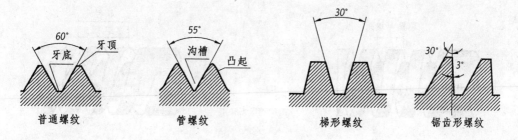

图 7.2　螺纹牙型种类

(2) 直径

螺纹的直径有大径(d、D)、小径(d_1、D_1) 和中径(d_2、D_2),小写字母表示外螺纹直径,大写字母表示内螺纹直径,如图 7.3 所示。

大径是指与外螺纹牙顶或内螺纹牙底相重合的假想圆柱面或圆锥面的直径,即螺纹的最大直径,又称为公称直径。

小径是指与外螺纹牙底或内螺纹牙顶相重合的假想圆柱面或圆锥面的直径。

中径是指一个假想圆柱面或圆锥面的直径,该圆柱面或圆锥面的母线通过牙型上沟槽和凸起宽度相等的地方。它近似或等于螺纹的大径和小径的平均值。中径是控制螺纹精度的主要参数之一。

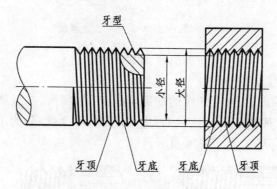

图 7.3　螺纹的各个要素

(3) 线数(头数)

螺纹有单线螺纹与多线螺纹之分,在同一螺纹件上沿一条螺旋线形成的螺纹称为单线螺纹,沿两条以上螺旋线形成的螺纹称为多线螺纹。线数又称头数,通常以 n 表示。一般连接用的螺钉,车床上的传动丝杠等都是单线螺纹,而摩擦压力机的螺杆是多线螺纹。

(4) 螺距和导程

螺距是螺纹件上相邻两牙在中径线上对应两点之间的轴向距离,通常用 P 表示。

导程是在车制螺纹时,工件旋转一周刀具沿轴线方向移动的距离,通常用 L 表示。

螺距和导程有如下关系:$L = nP$,如图 7.4 所示。

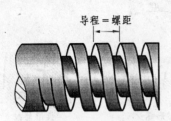 

图 7.4　螺纹线数、螺距和导程

(5) 旋向

螺纹有左旋和右旋之分,将螺纹轴线铅垂放置,螺纹右上、左下则为右旋,螺纹左上、右下则为左旋。右旋螺纹顺时针转时旋合,逆时针转时退出,左旋螺纹反之。常用的是右旋螺纹,如图 7.5 所示。

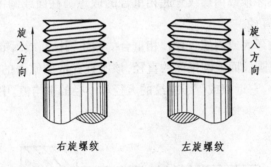

图 7.5　螺纹的旋向

(6) 螺尾、倒角及退刀槽

为了便于内外螺纹的旋合,在螺纹的端部制成 45° 的倒角。在制造螺纹时,由于退刀的缘故,螺纹的尾部会出现渐浅部分,这种不完整的牙型,称为螺尾。为了消除这种现象,应在螺纹终止处加工一个退刀槽,如图 7.6 所示。

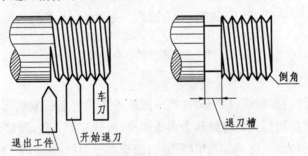

图 7.6　螺纹的倒角和退刀槽

3. 螺纹的画法规定

螺纹按其真实投影来画比较麻烦,实际上也没有必要。因此,国家标准 GB/T 4459.1—1995 中统一规定了螺纹(外螺纹和内螺纹)的画法,作了如下规定。

(1) 外螺纹的规定画法

大径和螺纹终止线用粗实线表示,小径用细实线表示且画入倒角内。小径可近似地画成大径的0.85倍,螺纹终止线用粗实线表示在投影为圆的视图中,小径用约3/4圈的细实线圆表示,倒角圆省略不画,如图7.7所示。

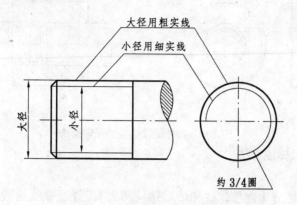

图 7.7 外螺纹的规定画法

(2) 内螺纹的规定画法

内螺纹不论其牙型如何,在平行于螺孔轴线的投影面的剖视图中,牙顶线(表示小径的直线)用粗实线表示,牙底线(表示大径的直线)用细实线表示。在剖视图或断面图中剖面线都必须画到粗实线为止;螺孔上的倒角和倒圆部分也应画出。在垂直于螺纹轴线的投影面的视图上,螺纹的牙顶圆(表示小径的圆)用粗实线表示(画图时可近似地取 $D_1 \approx 0.85D$),牙底圆(表示大径的圆)用细实线表示,且只画约 3/4 圈。此时螺孔上的倒角投影省略不画,如图 7.8 所示。

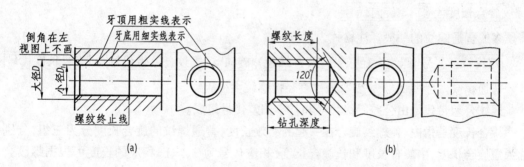

图 7.8 内螺纹的规定画法

(3) 内外螺纹连接的规定画法

内外螺纹连接时,常采用全剖视图画出,其旋合部分按外螺纹规定画法绘制,其余部分按各自的规定画法绘制。标准规定,当沿外螺纹的轴线剖开时,螺杆作为实心零件按不剖绘制。表示螺纹大、小径的粗、细实线应分别对齐。当垂直于螺纹轴线剖开时,螺杆处应画剖面线,如图7.9所示。由于只有牙型、直径、线数、螺距及旋向等结构要素都相同的螺纹才能旋合在一起,所以在剖视图中,表示外螺纹牙顶的粗实线,必须与表示内螺纹牙底的细实线在一条直线上;表示外螺纹牙底的细实线,也必须与表示内螺纹牙顶的粗实线在一条直线上。

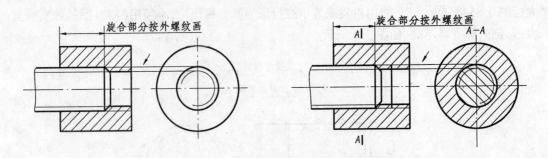

图 7.9　　内外螺纹连接的规定画法

4. 螺纹的种类、标注方法

(1) 螺纹的种类

① 螺纹按用途可分为连接螺纹和传动螺纹两大类。普通螺纹是最常用的连接螺纹,牙型角为 60°。根据螺距不同,又可将其分为粗牙普通螺纹和细牙普通螺纹两种。

② 螺纹的牙型、大径和螺距称为螺纹的三要素。根据螺纹的三要素是否符合标准分为标准螺纹、特殊螺纹和非标准螺纹。标准螺纹是牙型、大径和螺距三要素均符合标准的螺纹;特殊螺纹是牙型符合标准,公称直径和螺距不符合标准的螺纹;非标准螺纹是牙型不符合标准的螺纹。

(2) 螺纹的标注规定

① 普通螺纹的标记。单线普通螺纹标记格式为:

$\boxed{\text{螺纹特征代号}}$ $\boxed{\text{公称直径}}$ × $\boxed{\text{螺距}}$ – $\boxed{\text{中径公差带和顶径公差带代号}}$ –
$\boxed{\text{螺纹旋合长度代号}}$ – $\boxed{\text{旋向代号}}$

多线普通螺纹的一般标注格式为:

$\boxed{\text{螺纹特征代号}}$ $\boxed{\text{螺纹大径}}$ × $\boxed{\text{导程}(P\text{螺距})}$ $\boxed{\text{旋向}}$ – $\boxed{\text{螺纹公差带代号}}$ – $\boxed{\text{旋合长度代号}}$

普通螺纹的牙型代号为"M",公称直径指螺纹大径。

螺纹公差带代号由公差等级代号和基本偏差代号组成。

旋合长度是指内、外螺纹旋合在一起的有效长度,普通螺纹的旋合长度分为三组,分别称为短旋合长度、中旋合长度和长旋合长度,相应代号为 S、N、L。相应的长度可根据螺纹公称直径及螺距从标准中查出。当为中旋合长度时,"N" 省略标注。

根据螺纹的公差带和短、中、长三组旋合长度,普通螺纹的精度又分为精密级、中等级和粗糙级三种,一般情况下多采用中等级。

公称直径以毫米为单位的螺纹,其标记应直接注在大径的尺寸线上或其引出线上。

② 管螺纹的标注规定。非螺纹密封的管螺纹的标注由螺纹特征代号、尺寸代号和公差等级代号三部分组成。螺纹特征代号用字母 G 表示;尺寸代号用阿拉伯数字表示,单位是英寸;螺纹公差等级代号,外螺纹分 A、B 两级,内螺纹则不加标记。

用螺纹密封的管螺纹的标注由螺纹特征代号和尺寸代号两部分组成。

R_C—— 圆锥内螺纹;

R—— 圆锥外螺纹;

R_p—— 圆柱内螺纹。

③ 梯形螺纹的标注规定。

$\boxed{\text{螺纹代号}}$ – $\boxed{\text{中径公差带代号}}$ – $\boxed{\text{旋合长度代号}}$,其中螺纹代号内容:Tr公称直径 × 导程(螺距) 旋向

④ 螺纹副的标注方法。需要时,在装配图中应标注出螺纹副的标记。该标记的表示方法可按相应螺纹标准的规定。螺纹副标记的标注方法与螺纹标记的标注方法相同,普通螺纹其标记应直接标注在大径的尺寸线上或其引出线上,如图 7.10(a) 所示;管螺纹其标记应采用引出线由配合部分的大径处引出标注,如图 7.10(b) 所示。

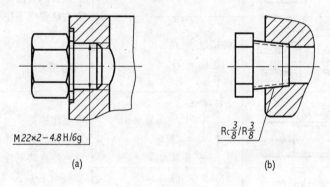

(a)　　　　　　　　　　　　　　　　(b)

图 7.10　螺纹副的标注

表 7.1 列出了常用标准螺纹的标注示例。

表 7.1　标准螺纹的标注示例

螺纹分类		标注图例	代号的意义	说　明
连接螺纹	粗牙普通螺纹	*M10-5g 6g-S*　20　*M10LH-7H-L*	*M10-5g6g-S* 旋合长度 顶径公差带 中径公差带 螺纹大径 *M10LH-7H-L* 中径和顶径公差带(相同) 旋向(左旋)	① 粗牙不注螺距 ② 单线右旋不注线数和旋向,多线或左旋要标注 ③ 中径和顶径公差带相同时,只注一个代号,如 7H ④ 旋合长度为中等长度时,不标注 ⑤ 图中所注螺纹长度不包括螺尾
	细牙普通螺纹	*M10×1-6g*　20	*M10×1-6g* 螺距	① 细牙要注螺距 ② 其他规定同粗牙普通螺纹

续表 7.1

螺纹种类		标注图例	代号的意义	说　　　明
连接螺纹	非螺纹密封的管螺纹	G1A　G1	G 1 A └─ 公差等级 └── 尺寸代号	① 管螺纹尺寸代号不是螺纹大径,作图时应据此查出螺纹大径 ② 只能以旁注的方式引出标注 ③ 右旋省略不注
	用螺柱密封的圆柱管螺纹	Rp1　Rp1	Rp1 └── 尺寸代号	
	用螺柱密封的圆锥管螺纹	R1/2　Rc1/2	外螺纹 R1/2 内螺纹 Rc1/2	
传动螺纹	单线梯形螺纹	Tr36×6-8e	Tr35×6-8e └── 公差带符号 └── 螺距 └── 螺纹大径	① 要注螺距 ② 多线的要注导程 ③ 右旋省略不注,左旋要注 LH ④ 旋合长度分为中等(N) 和长(L) 两组,中等旋合长度符号N 可以不注
	多线梯形螺纹	Tr36×12(P6)LH-8e	Tr36×12(P6)LH-8e-L └── 左旋 └── 螺距 └── 导程	

7.1.2　螺纹紧固件的标注以及画法

　　常用的螺纹紧固件有螺栓、螺柱、螺钉、螺母、垫圈等,它们的种类很多,在结构形状和尺寸方面都已标准化,并由专门工厂进行批量生产,根据规定标记就可在国家标准中查到有关的形状和尺寸,如图 7.11 所示。

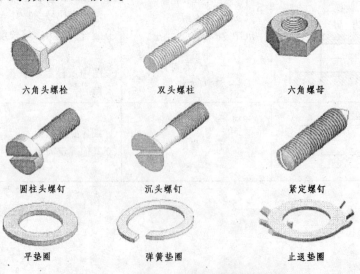

六角头螺栓	双头螺柱	六角螺母
圆柱头螺钉	沉头螺钉	紧定螺钉
平垫圈	弹簧垫圈	止退垫圈

图 7.11 · 常用的螺纹紧固件

1. 紧固件的标注

(1) 螺栓的标注规定

螺栓由头部和杆身组成,常用的为六角螺栓,如图 7.12 所示。螺栓的规格尺寸是螺纹大径(d)和螺栓公称长度(l)。规定标注为:

名称   标准代号   螺纹代号 × 长度   如:螺栓 GB/T 5782—2000 M24 × 100

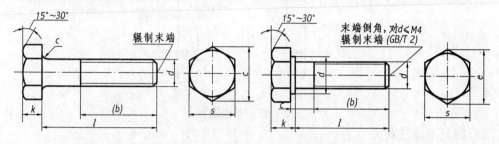

图 7.12 六角螺栓

(2) 双头螺柱的标注规定

双头螺柱两端均制有螺纹,旋入螺孔的一端称旋入端(bm),另一端称紧固端(b)。bm 的长度与被旋入零件的材料有关。

$bm = 1d$ (用于钢和青铜)GB/T 897—1988;

$bm = 1.25d$ (用于铸铁)GB/T 898—1988;

$bm = 1.5d$ (用于铸铁)GB/T 899—1988;

$bm = 2d$ (用于铝合金)GB/T 900—1988。

其规定标记为:名称   标准代号   类型   螺纹代号 × 长   如:螺柱 GB/T 897—1998 AM100 × 50

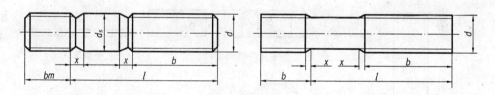

图 7.13 双头螺柱

(3) 螺母的标注规定

螺母有六角螺母、方螺母和圆螺母等,常用的为六角螺母,如图 7.14 所示。螺母的规格尺寸是螺纹大径(D),其规定标记为:

名称   标准代号   螺纹代号   如:螺母 GB/T 6170—2000 M12

(4) 垫圈的标注规定

垫圈一般置于螺母与被连接件之间。常用的有平垫圈和弹簧垫圈,如图 7.15 所示的平垫圈。其规定标记为:

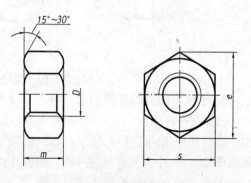

图 7.14 六角螺母

名称   标准代号   公称尺寸   如:垫圈 GB/T 97.2—2002 24

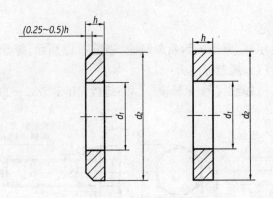

图 7.15　平垫圈

(5) 螺钉的标注规定

螺钉按其作用可分为连接螺钉和紧定螺钉。常用的连接螺钉有开槽圆柱头螺钉、盘头螺钉、沉头螺钉、半沉头螺钉等。常用的紧定螺钉按其末端型式不同有锥端紧定螺钉、平端紧定螺钉、长圆柱端紧定螺钉等。螺钉的规格尺寸是螺纹大径(d)和螺钉公称长度(l),其规定标记为:

名称　　标准代号　　螺纹代号 × 长度　　如:螺钉 GB/T 67—2000 M5 × 20

2. 螺纹紧固件的比例画法

设计机器时,经常用到螺栓、螺母、垫圈等螺纹紧固件,它们的各部分尺寸可以从相应的国家标准中查出。由螺栓的螺纹规格尺寸 d、螺母的规格尺寸 D、垫圈的公称尺寸 d,按 d 或 D 进行比例折算,得出各部分尺寸后按近似画法绘制,如图 7.16 所示。

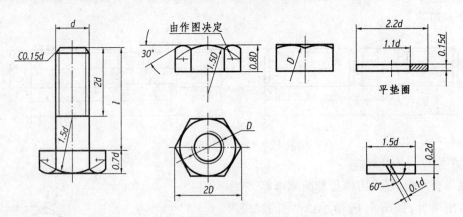

图 7.16　螺纹紧固件的比例画法

3. 螺纹紧固件的连接画法

(1) 螺栓连接

螺栓连接适用于连接两个不太厚的零件。螺栓穿过两被连接件上的通孔,加上垫圈,拧紧螺母,就将两个零件连接在一起,如图 7.17 所示。

① 两零件的接触面画一条粗实线,不接触面画两条粗实线;

② 在剖视图中,被连接两零件的剖面线方向相反;螺母、螺栓和垫圈按不剖绘制;螺母和螺栓头部的曲线可省略不画。

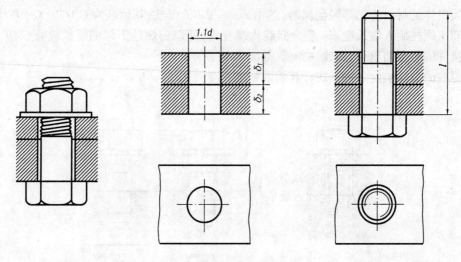

图 7.17　螺栓连接图

(2) 螺钉连接图

用螺钉连接两个零件时,螺钉杆部穿过一个零件的通孔而旋入另一零件的螺孔,靠螺钉头部支承面压紧将两个零件固定在一起。如图 7.18 所示,几种常见螺钉的连接图。

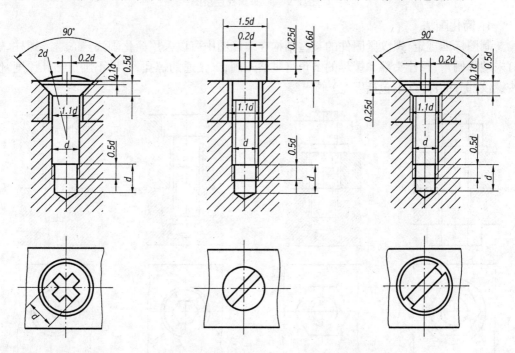

图 7.18　各种类型螺钉的连接图

(3) 双头螺柱连接图

双头螺柱连接的特点是:一端(旋入端)全部旋入被连接零件的螺孔中,另一端通过被连接件的光孔,用螺母、垫圈紧固。螺柱旋入端的长度 bm 与机体的材料有关。

当机体的材料为钢或青铜等硬材料时,选用 $bm = d$ 的螺柱,其标准为 GB/T 897—1988;

当机体的材料为铸铁时,选用 $bm = 1.25d$ 的螺柱,其标准为 GB/T 898—1988;

当机体的材料为铝等轻金属时,选用 $bm = 2d$ 的螺柱,其标准为 CB/T 900—1988。

双头螺柱旋入端长度 bm 应全部旋入螺孔内,即双头螺柱下端的螺纹终止线应与两个被连接件的结合面重合,画成一条线,如图 7.19 所示。

螺柱的公称长度 l 按下式计算后取标准长度:$l \geqslant \delta + h + m + a$。

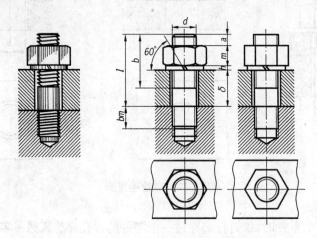

图 7.19　双头螺柱连接图

4. 简化画法

制图标准规定:螺纹紧固件的某些结构在装配图中可以采用简化画法。如螺栓、螺柱、螺钉末端的倒角、螺栓头部和螺母的倒角可省略不画;未钻通的螺孔,可以不画出钻孔深度,仅按螺纹部分的深度(不包括螺尾)画出等。

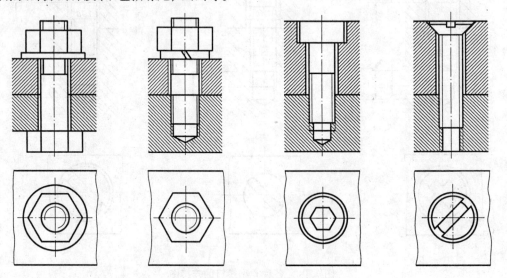

图 7.20　螺栓、螺柱及螺钉连接的简化画法

7.2　键与销

7.2.1　键和键连接

1.常用键

键的作用是连接轴和轴上的传动件,并通过键传递力矩和旋转运动。常用的键有普通平键、半圆键和钩头楔键,见表 7.2。

表 7.2　常用键及其规定标记

名　　称	图　　例	规定标记
普通平键		键　$b \times L$　GB 1096—1990
平圆键		键　$b \times h \times d_1$　GB 1099—1990
钩头楔键		键　$b \times L$　GB 1565—1990

2.键连接的画法

(1)平键连接图,键的两侧面(工作面)与键槽侧面接触,键的顶面与轮孔槽顶面留有间隙,如图 7.21 所示。

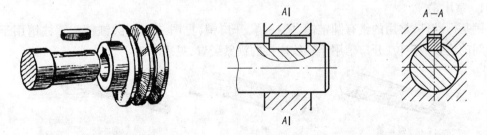

图 7.21　平键连接图

(2)半圆键连接图,键两侧面与键槽侧面接触,顶面留有间隙,如图 7.22 所示。

(3)钩头楔键连接图,键与键槽的顶面、底面接触,侧面留有间隙,如图 7.23 所示。

(4)键槽的画法和尺寸标注,如图 7.24 所示。

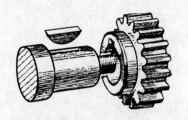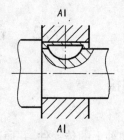

图 7.22　半圆键连接图

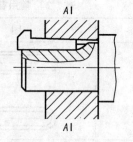

图 7.23　楔键连接图

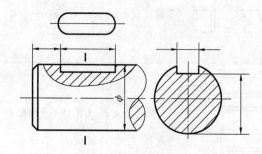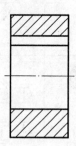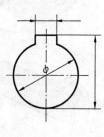

图 7.24　键槽的画法和尺寸标注

7.2.2　销和销连接

1. 常用销

销是标准件,常用的销有圆锥销、圆柱销、开口销(见图 7.25)。圆锥销和圆柱销用于零件之间的连接或定位,开口销用于螺纹连接的锁紧装置,见表 7.3。

圆锥销　　　　　　　圆柱销　　　　　　　开口销

图 7.25　常用销

表7.3　常用销及其标注规定

名称	标准号	图例	标记示例
圆锥销	GB/T 117—2000	$R_1 \approx d$　　$R_2 \approx \dfrac{a}{2} + d + \dfrac{0.021^2}{8a}$	直径 d = 10 mm，长度 l = 100 mm，材料为 35 号钢，热处理硬度 28～38 HRC，表面氧化处理的 A 型圆锥销 GB/T 117 10 × 100 圆锥销的公称尺寸是指小端直径
圆柱销	GB/T 119.1—2000	≈15°	直径 d = 10 mm，公差为 m6，长度 l = 80 mm，材料为钢，不经表面处理的圆柱销 GB/T 119.1 10 m6 × 80
开口销	GB/T 91—2000		公称规格为 4 mm（指销孔直径），l = 20 mm，材料为低碳钢，不经表面处理的销 GB/T 91 4 × 20

2.销连接的画法

在连接图中，当剖切平面通过销孔轴线时，销按不剖处理，如图 7.26 所示。

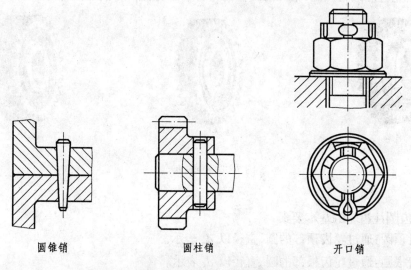

圆锥销　　　　　圆柱销　　　　　开口销

图 7.26　常用销连接的画法

7.3　齿　　轮

齿轮是机器和部件中应用广泛的传动零件。齿轮的参数中只有模数、压力角已经标准化。齿轮不仅可以传递两轴间的动力,并且还能改变转速和方向。

根据其传动情况可把齿轮分为以下 3 类。

(1) 圆柱齿轮通常用于平行两轴之间的传动,如图 7.27(a) 所示。

(2) 圆锥齿轮用于相交两轴之间的传动,如图 7.27(b) 所示。

(3) 蜗轮、蜗杆用于交叉两轴之间的传动,如图 7.27(c) 所示。

(a) 圆柱齿轮　　　　　　　(b) 圆锥齿轮　　　　　　　(c) 蜗轮蜗杆

图 7.27　3 种常见齿轮

7.3.1　圆柱齿轮

圆柱齿轮应用最为广泛,常见的圆柱齿轮有直齿、斜齿和人字齿三种,如图 7.28 所示。

直齿　　　　　　　　　　斜齿　　　　　　　　　人字齿

图 7.28　圆柱齿轮

1. 直齿圆柱齿轮的基本要素

(1) 齿顶圆:通过轮齿顶部的圆,直径以 d_a 表示。

(2) 齿根圆:通过轮齿根部的圆,直径以 d_f 表示。

(3) 分度圆:当标准齿轮的齿厚与齿间相等时所在位置的圆,直径以 d 表示。

(4) 齿高:齿根圆到齿顶圆的径向距离。

　　分度圆将轮齿分为两个不相等的部分,从分度圆到齿顶圆的径向距离,称为齿顶高,以 h_a 表示。从分度圆到齿根圆的径向距离,称为齿根高,以 h_f 表示。齿高为齿顶高与齿根高之和,即 $h = h_a + h_f$。

　　(5) 齿距、齿厚、槽宽:在分度圆上,相邻两齿对应两点间的弧长称为齿距,用 p 表示;轮齿的弧长称为齿厚,用 s 表示;轮齿之间的弧长称为槽宽,用 e 表示。对于标准齿轮,$s = e$,$p = s + e$。

　　(6) 啮合角和压力角:在一般情况下,两相啮合轮齿的端面齿廓在接触点处(点 C)的公法线,与两节圆的内公切线所夹的锐角,称为啮合角,用 α 表示。对于渐开线齿轮,指的是两相啮合轮齿在节点上的端面压力角。标准齿轮的啮合角采用 20°。

　　(7) 中心距:两啮合齿轮轴线间的距离,用 a 表示,中心距为两齿轮的节圆半径之和。

　　(8) 模数:若齿轮的齿数用 z 表示,则齿轮分度圆周长为 $\pi d = zp$,即 $d = zp/\pi$。齿距 p 与 π 的比值称为齿轮的模数,用 m 表示,$m = p\pi$。表 7.4 列出了标准模数系列。

表 7.4　标准模数系列

第一系列	1,1.25,1.5,2,2.5,3,4,5,6,8,10,12,16,20,25,32,40,50
第一系列	1.75,2.25,2.75,(3.25),3.5,(3.75),4.5,5.5,(6.5),7,9,(11),14,18,22,28,36,45

注:① 选用模数应优先选用第一系列,其次选用第二系列,括号内的模数尽可能不用。
　　② 本表未摘录小于 1 的模数。

2. 标准直齿圆柱齿轮几何尺寸的计算

标准直齿圆柱齿轮的计算公式见表 7.5,直齿圆柱齿轮的基本要素如图 7.29 所示。

表 7.5　标准直齿圆柱齿轮的计算公式

基本参数:模数 m　齿数 z

名称	符号	计算公式
模数	m	$m = dz = p\pi$
齿顶高	h_a	$h_a = m$
齿根高	h_f	$h_f = 1.25m$
齿高	h	$h = 2.25m$
分度圆直径	d	$d = mz$
齿顶圆直径	d_a	$d_a = m(z + 2)$
齿根圆直径	d_f	$d_f = m(z - 2.5)$
中心距	a	$a = m(z_1 + z_2)2$

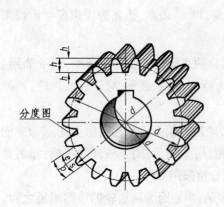
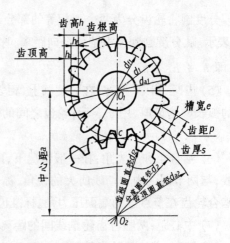

图 7.29　直齿圆柱齿轮的基本要素

3. 直齿圆柱齿轮的画法规定

(1) 单个圆柱齿轮的画法

在表示齿轮端面的视图中,齿顶圆用粗实线,齿根圆用细实线或省略不画,分度圆用点画线画出,齿轮的非圆视图一般采用半剖或全剖视图。这时轮齿按不剖处理,齿根线用粗实线绘制,且不能省略。若为斜齿或人字齿,需在非圆视图的外形部分用三条与齿线方向一致的细实线表示齿向,如图 7.30 所示。

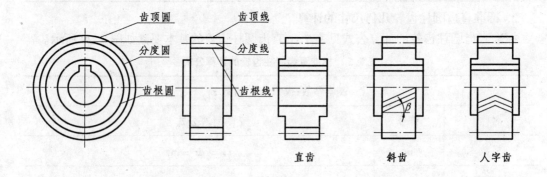

图 7.30　圆柱齿轮的画法

(2) 啮合画法

绘制一对啮合齿轮时,应注意其啮合部分的画法。两标准齿轮相互啮合时,它们的分度圆处于相切位置,此时分度圆又称节圆。在反映为圆的视图中,两齿轮分度圆相切,啮合区内的齿顶圆用粗实线表示也可省略不画。在平行于齿轮轴线的投影面的外形视图中,啮合区的齿顶线不画,两齿轮重合的节线画成粗实线,其他处的节线仍用细点画线绘制。如图 7.31、7.32 所示。

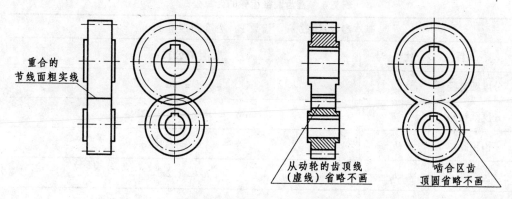

图 7.31　圆柱齿轮的啮合画法

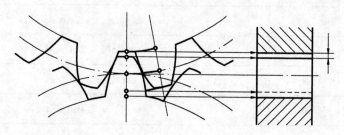

图 7.32　啮合部分的画法

7.3.2　圆锥齿轮

由于圆锥齿轮的轮齿分布在圆锥面上,所以其齿厚、齿高、模数和直径由大端到小端是逐渐变小的圆锥齿轮,用于垂直相交两轴之间的传动,为了计算和制造方便,规定以大端端面模数(大端端面模数数值由 GB/T 12368—1990 规定)为标准模数来计算大端轮齿各部分的尺寸,故在图纸上标注的分度圆、齿顶圆等尺寸均是大端尺寸。

1.圆锥齿轮的基本要素和尺寸计算

圆锥齿轮各部分名称和符号如图 7.33 所示。

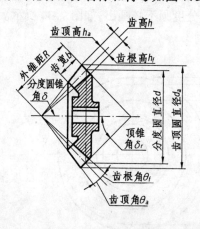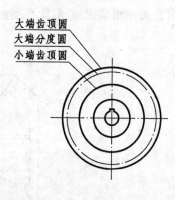

图 7.33　圆锥齿轮的各部分名称

两圆锥齿轮啮合时,其轴线垂直相交的直齿圆锥齿轮各部分尺寸的计算公式见表 7.6。

表 7.6　直齿圆锥齿轮的计算公式

基本参数:模数 m　齿数 z　分度圆锥角 δ

项　目	代　号	计算公式
分度圆直径	d	$d = mz$
分度圆锥角	δ	$\tan \delta_1 = z_1/z_2$　$\delta_2 = 90° - \delta_1$
齿顶高	h_a	$h_a = m$
齿根高	h_f	$h_f = 1.2m$
齿高	h	$h = h_a + h_f$
齿顶圆直径	d_a	$d_a = m(z + 2\cos \delta)$
齿根圆直径	d_f	$d_f = m(z - 2.4\cos \delta)$
齿顶角	θ_a	$\tan \theta_a = 2\sin \delta / z$
齿根角	θ_f	$\tan \theta_f = 2.4\sin \delta / z$
顶锥角	δ_a	$\delta_a = \delta + \theta_a$
根锥角	δ_f	$\delta_f = \delta - \theta_f$
外锥距	R	$R = mz/2\sin \delta$
齿厚	b	$b = (0.2 \sim 0.35)R$

2.圆锥齿轮的画法规定

(1) 单个圆锥齿轮的画法

圆锥齿轮的规定画法与圆柱齿轮基本相同。主视图常取剖视,轮齿按不剖处理,齿顶线和齿根线用粗实线绘制,分度线用细点画线绘制。端视图中,大端分度圆用细点画线绘制,大小两端齿顶圆用粗实线绘制,大小端齿根圆及小端分度圆不必画出,如图 7.34 所示。

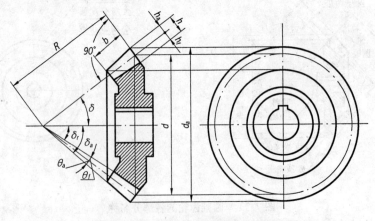

图 7.34　单个圆锥齿轮的规定画法

(2) 啮合画法

在啮合区内,将其中一个齿轮的轮齿作为可见,画成粗实线,另一个齿轮的轮齿被遮挡部分画成虚线,也可省略不画,如图 7.35 所示。

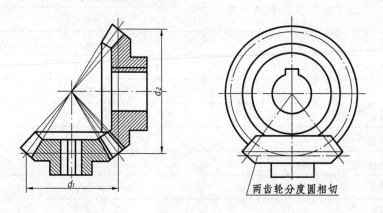

图 7.35 圆锥齿轮的啮合规定画法

7.3.3 蜗杆、蜗轮

蜗杆与蜗轮常用于垂直交叉两轴之间的传动,蜗轮实际上是斜齿的圆柱齿轮。为了增加它与蜗杆啮合时的接触面积,提高其工作寿命,蜗轮的齿顶和齿根常加工成圆环面。一般情况下,蜗杆为主动,蜗轮为被动。

1. 蜗杆、蜗轮的基本要素和标注

蜗杆、蜗轮的基本要素如图 7.36 所示,各尺寸之间的计算关系见表 7.7。

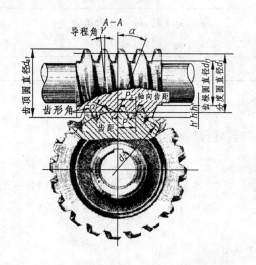
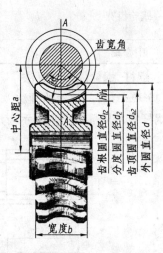

图 7.36 蜗轮、蜗杆的基本要素

表 7.7　蜗杆、蜗轮的计算公式

基本参数:模数 $m = m_a = m_f$　导程角 γ　蜗杆直径系数 q　蜗杆头数 z_1　蜗轮齿数 z_2

名　　称	符　号	计算公式
轴向齿距	p_x	$p_x = \pi m$
齿顶高	h_a	$h_a = m$
齿根高	h_f	$h_f = 1.2m$
齿高	h	$h = 2.2m$
蜗杆分度圆直径	d_1	$d_1 = mq$
蜗杆齿顶圆直径	d_{a1}	$d_{a1} = m(q + 2)$
蜗杆齿根圆直径	d_{f1}	$d_{f1} = m(q - 2.4)$
导程角 ·	γ	$\tan \gamma = z_1 q$
蜗杆导程	p_z	$p_z = z_1 p_x$
蜗杆齿宽	b_1	当 $z_1 = 1 \sim 2$ 时,$b_1 = (11 + 0.06z_2)m$ 当 $z_1 = 3 \sim 4$ 时,$b_1 \geqslant (12.5 + 0.09z_2)m$
蜗轮分度圆直径	d_2	$d_2 = mz_2$
蜗轮喉圆直径	d_a	$d_a = m(z_2 + 2)$
蜗轮顶圆直径	d_{a2}	当 $z_1 = 1$ 时,$d_{a2} \leqslant d_{a2} + 2m$ 当 $z_1 = 2 \sim 3$ 时,$d_{a2} \leqslant d_{a2} + 1.5m$ 当 $z_1 = 4$ 时,$d_{a2} \leqslant d_{a2} + m$
蜗轮齿根圆直径	d_{f2}	$d_{f2} = m(z_2 - 2.4)$
蜗轮齿宽	b_2	当 $z_1 \leqslant 3$ 时,$b_2 \leqslant 0.75 d_{a1}$ 当 $z_1 \leqslant 4$ 时,$b_2 \leqslant 0.67 d_{a1}$
中心距	a	$a = m(q + z_2)2$

2. 蜗杆、蜗轮的规定画法

(1) 单个蜗杆、蜗轮的画法

蜗杆常用局部视图来表示齿形,其画法与圆柱齿轮相同,如图 7.37 所示。

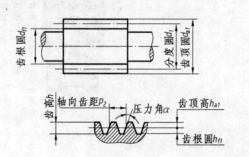 

图 7.37　蜗杆的规定画法

蜗轮的端视图中,只要画出最大外圆和分度圆的投影,齿顶圆和齿根圆不需画出,如图7.38 所示。

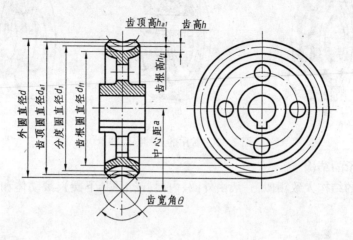

图 7.38   蜗轮的规定画法

(2) 蜗杆与蜗轮的啮合规定画法

在蜗轮投影为圆的视图上,蜗杆和蜗轮各按规定画法绘制,蜗轮节圆与蜗杆节线相切;在蜗杆为圆的视图上,蜗轮与蜗杆重合部分只画蜗杆,如图7.39 所示。

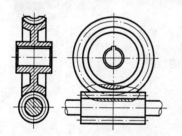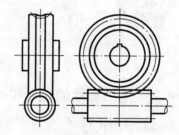

图 7.39   蜗杆与蜗轮的啮合画法

7.4 滚动轴承

滚动轴承是支承旋转轴的标准组件,它具有摩擦阻力小、效率高、结构紧凑、维护简单等优点,因此在机器中得到了广泛的应用。

7.4.1 滚动轴承的分类和结构

1. 滚动轴承的分类

滚动轴承的种类很多,按其受力方向可分为以下三类。

(1) 向心轴承,主要承受径向力,如图7.40(a) 所示。

(2) 推力轴承,只承受轴向力,如图7.40(b) 所示。

(3) 向心推力轴承,能同时承受径向和轴向力,如图7.40(c) 所示。

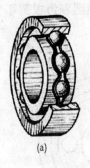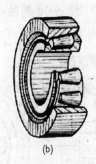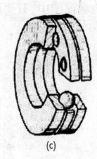

(a)　　　　　　(b)　　　　　　(c)

图 7.40　常用的三种滚动轴承

2.滚动轴承的结构

滚动轴承的结构大致相似,一般由外圈、内圈(或上圈、下圈)、滚动体和保持架组成,如图 7.41 所示。

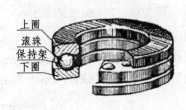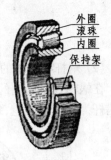

图 7.41　常用滚动轴承的结构

7.4.2　滚动轴承的代号和标注

1.滚动轴承的代号

滚动轴承的代号由前置代号、基本代号和后置代号组成。排列顺序为:前置代号、基本代号、后置代号。

(1) 基本代号

轴承类型代号,用数字或字母表示,见表 7.7。

尺寸系列代号,由轴承的宽(高)度系列代号和直径系列代号组合而成,用两位阿拉伯数字表示,见表 7.8。

内径系列代号,表示轴承的公称内径,一般用两位阿拉伯数字表示。代号数字为 00、01、02、03 时,分别表示轴承内径 $d = 10$、12、15、17 mm;代号数字为 04 ~ 96 时,轴承内径为代号数字乘 5。

(2) 前置代号、后置代号

在基本代号前面添加补充代号(字母) 称为前置代号,在基本代号后面添加补充代号(字母或字母加数字) 称为后置代号。两者都是用于轴承在结构形状、尺寸、公差、技术要求等有改变时,在其基本代号左右添加的补充代号。

表 7.8 滚动轴承的轴承类型代号、尺寸系列代号

轴承类型名称	类型代号	尺寸系列代号	标准编号
双列角接触球轴承	0	32 33	GB/T 296
调心球轴承	1	(0)2 (0)3	GB/T 281
调心滚子轴承 推力调心滚子轴承	2	13 92	GB/T 288 GB/T 5859
圆锥滚子轴承	3	02 03	GB/T 297
双列深沟球轴承	4	(2)2	GB/T 276
推力球轴承 双向推力球轴承	5	11 22	GB/T 301
深沟球轴承	6	18 (0)2	GB/T 276
角接触球轴承	7	(0)2	GB/T 292
推力圆柱滚子轴承	8	11	GB/T 4663
外圈无挡圈圆柱滚子轴承 双列圆柱滚子轴承	N NN	10 30	GB/T 283 GB/T 285
圆锥孔外球面球轴承	UK	2	GB/T 3882
四点接触球轴承	QJ	(0)2	GB/T 294

2.滚动轴承标注示例

设计制图时,需在装配图的明细栏里写明滚动轴承的标记,标记由名称、代号和标准编号三部分组成。例如:深沟球轴承 61700 GB/T 276—1994;推力球轴承 51100 GB/T 301—1995;圆锥滚子轴承 32900 GB/T 297—1994。

7.4.3 滚动轴承的规定画法

滚动轴承一般不必画零件图,在机器或部件的装配图中,滚动轴承可以用三种画法来绘制,这三种画法是规定画法、通用画法和特征画法,通用画法和特征画法同属于简化画法,在同一张装配图样中可以只采用这两种简化画法中的任意一种,对于滚动轴承的画法,国家标准《机械制图滚动轴承表示法》(GB/T 4459.7—1998) 作了如下规定,见表 7.9。

表 7.9 常用滚动轴承的规定画法、特征画法和装配图

名称查表和标准号	主要数据	画　　法				装配示意图
		简化画法		规定画法		
		通用画法	特征画法			
深沟球轴承 GB/T 276–1994	D d B					
圆锥滚子轴承 GB/T 297–1994	D d B T C					
推力球轴承 GB/T 301–1995	D d T					

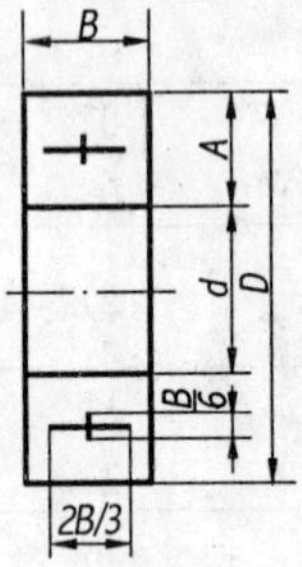

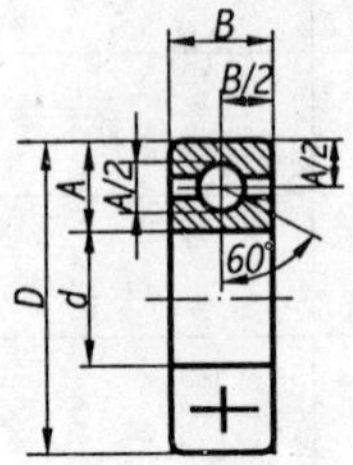

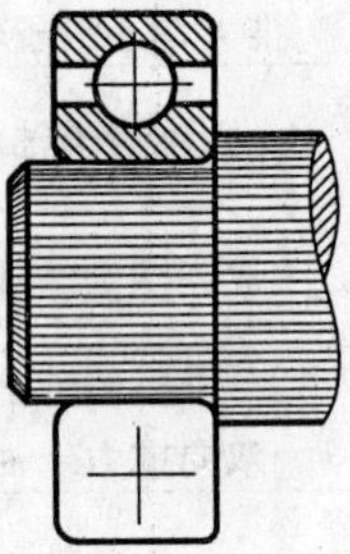

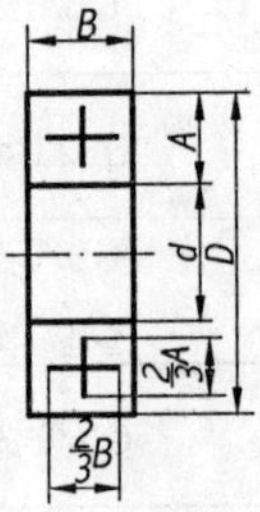

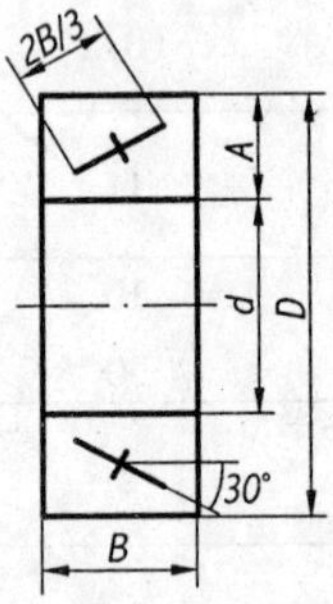

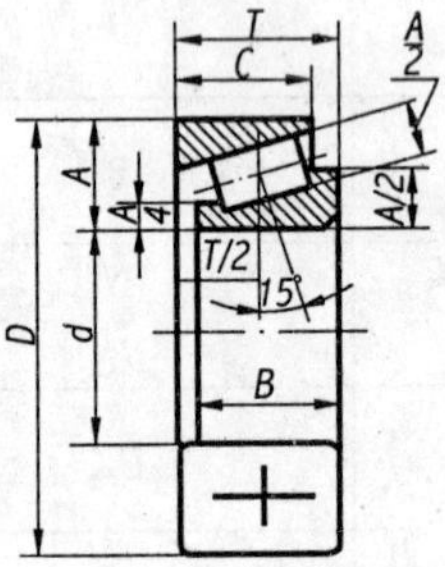

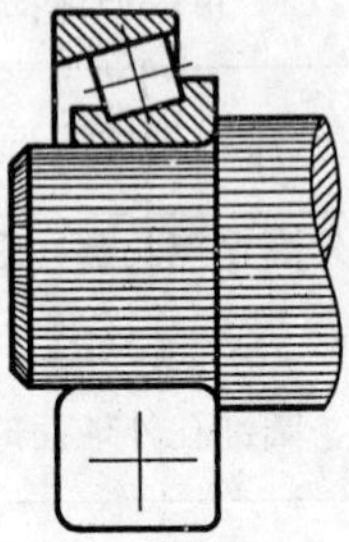

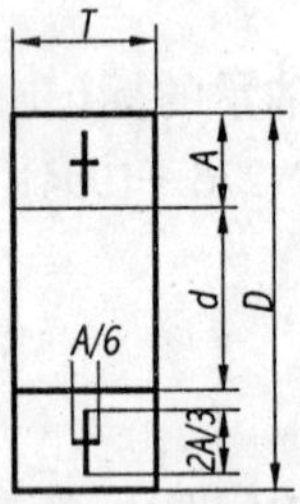

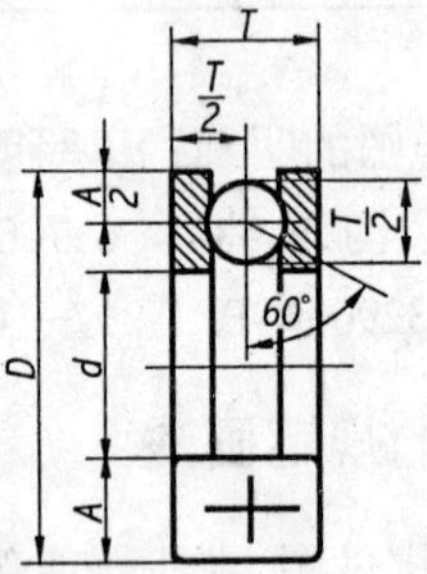

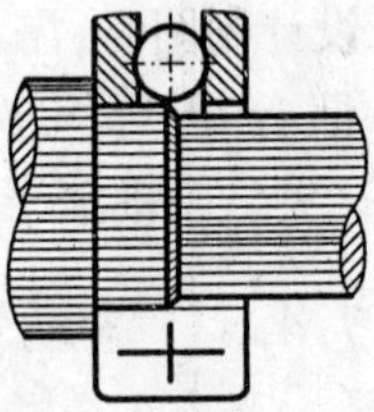

7.5 弹　　簧

　　弹簧是一种起减震、夹紧、测力、贮存或输出能量等作用的常用件。弹簧种类很多,应用很广,最常见的是圆柱螺旋弹簧。圆柱螺旋弹簧根据用途可分为压缩弹簧、拉伸弹簧和扭转弹簧,如图 7.42 所示。

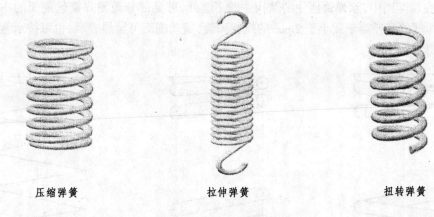

压缩弹簧　　　　　　拉伸弹簧　　　　　　扭转弹簧

图 7.42　　圆柱螺旋弹簧

1.圆柱螺旋压缩弹簧的基本要素

(1) 弹簧丝直径 d，制造弹簧的钢丝直径。

(2) 弹簧直径，包括弹簧中径、弹簧内径和弹簧外径。

弹簧中径 D_2　　弹簧的平均直径。

弹簧内径 D_1　　$D_1 = D_2 - d$，弹簧的最小直径。

弹簧外径 D　　$D = D_2 + d$，弹簧的最大直径。

(3) 节距 t，除支承圈外，相邻两圈沿轴向的距离。

(4) 支承圈数 n_0，为了使压缩弹簧工作时受力均匀，保证轴线垂直于支承面，通常将弹簧的两端并紧磨平。这部分圈数只起支承作用，称为支承圈数，常见的有 1.5 圈、2 圈、2.5 圈 3 种，其中 2.5 圈用得最多。

(5) 有效圈数 n，弹簧能保持相同节距的圈数。

(6) 总圈数 n_1，有效圈数与支承圈数之和，称为总圈数。

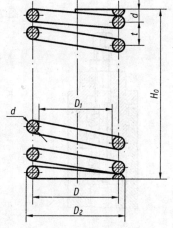

(7) 自由高度 H_0，弹簧在无外力作用时的高度，可用下式计算

图 7.43　圆柱螺旋压缩弹簧的基本要素

$$H_0 = nt + (n_0 - 0.5)\alpha$$

(8) 弹簧丝展开长度

$$L \approx n_1\sqrt{(\pi D_2)^2 + t^2}$$

(9) 旋向，弹簧分为左旋和右旋。

2.圆柱螺旋压缩弹簧的规定画法

(1) 在平行于弹簧轴线的投影面的视图中，各圈的轮廓线画成直线。

(2) 螺旋弹簧均可画成右旋，但左旋弹簧不论画成左旋或右旋，一律要注出旋向"左"字。

(3) 压缩弹簧在两端有并紧磨平时，不论支承圈数多少或末端并紧情况如何，均按支承圈数 2.5 圈的形式画出。

(4) 有效圈数在 4 圈以上的螺旋弹簧，中间部分可以省略。中间部分省略后，允许适当缩短图形长度，如图 7.44 所示。

(5) 在装配图中,除弹簧挡住的结构一般不画外,可见部分画到弹簧丝剖面的中心线为止。对于弹簧丝直径等于或小于 2 mm 的螺旋弹簧,簧丝剖面可涂黑表示,也可按示意图形式绘制,如图 7.45 所示。

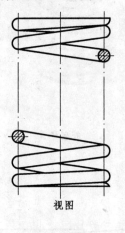
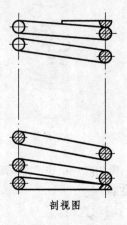
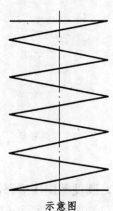

视图　　　　　　　　　　　剖视图　　　　　　　　　　示意图

图 7.44　圆柱螺旋压缩弹簧的规定画法

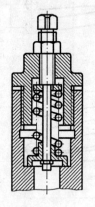
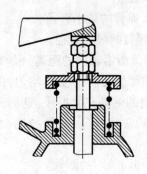
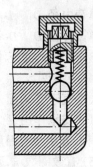

图 7.45　弹簧在装配图中的画法

第 8 章 零 件 图

组成机器或部件的最基本的机件,称为零件。表示一个零件的工程图样称为零件图。零件图是表达零件设计信息的主要媒体。本章主要介绍绘制和阅读零件图的方法。

8.1 零件图的内容和作用

1.零件图的内容

(1) 视图。用适当的视图、剖视图、断面图等各种表达方法,正确、完整、清晰、简便地表示出零件的内外结构形状。

(2) 尺寸。正确、完整、清晰、合理地标注出制造和检验该零件所需的全部尺寸。

(3) 技术要求。用国家标准中规定的符号、数字或文字(字母) 等,说明零件在制造、检验、材质处理等过程中应达到的各项技术要求,如表面粗糙度、极限与配合、形位公差及表面热处理等。

(4) 标题栏。填写零件的名称、数量、材料、图样代号、绘图比例以及责任人员签名和日期等。如图 8.1 所示。

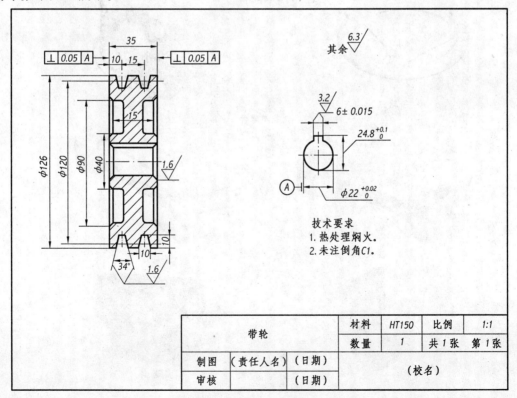

带轮		材料	HT150	比例	1:1
		数量	1	共 1 张	第 1 张
制图	(责任人名)	(日期)		(校名)	
审核		(日期)			

图 8.1 带轮的零件图

2.零件图的作用

零件图表达了机器零件的详细结构形状、尺寸大小和技术要求,它是用于加工、检验和生产机器零件的重要依据。在设计一个零件时,应考虑这个零件的功能、作用、技术要求、加工工艺和制造成本。零件图直接用于机器零件的加工和生产,是制造和检验零件的依据,是设计和生产部门重要技术文件之一。

8.2　零件的分类和视图选择

8.2.1　一般零件的分类

一般零件的形状千变万化,但根据它在部件中所起的作用、基本形状以及与相邻零件的关系,并考虑其加工工艺,可以将一般零件分为轴套类、盘盖类、叉架类和箱壳类4种类型,如图8.2所示。

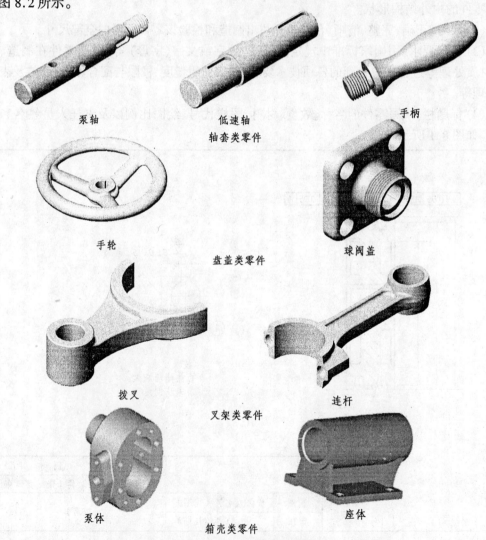

泵轴　　　　　　　　低速轴　　　　　　　　手柄

轴套类零件

手轮

盘盖类零件　　　　　　球阀盖

拨叉　　　　　　　　　　　连杆

叉架类零件

泵体　　　　　　　　　　座体

箱壳类零件

图8.2　一般零件的分类

8.2.2 零件的视图选择

1.主视图的选择

主视图是零件视图的核心,应清楚和较多地表达出零件的结构形状,一般应从以下几方面考虑。

(1) 零件的工作位置。零件的主视图位置与该零件在机器设备中的工作位置一致,便于分析和想象零件在机器或部件中的工作情况,了解零件的功能和作用,有利于看图。

(2) 零件的加工位置。零件的主视图位置与该零件在加工时的位置一致,便于加工时看图。

(3) 确定主视图的投影方向。将最能反映零件形状特征的方向作为主视图的投影,如图8.3所示。

上述三项原则中,在保证清楚表达结构形状特征的前提下,先考虑加工位置原则。但有些零件形状比较复杂,在加工过程中装卡位置经常发生变化,加工位置难分主次,则主视图应考虑选择其工作位置。还有一些零件无明显的主要加工位置,又无固定的工作位置,或者工作位置倾斜,可将它们主要部分放正(水平或竖直),以利于布图和标注尺寸。

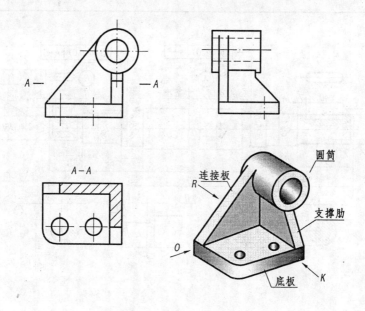

图 8.3 支座的主视图选择

2.其他视图的选择

对于结构形状较复杂的零件,主视图还不能完全地反映其结构形状,必须选择其他视图,包括剖视图、断面图、局部放大图和简化画法等各种表达方法。选择其他视图的原则是:在完整、清晰地表达零件内、外结构形状的前提下,尽量减少图形个数,以方便画图和看图。如图 8.4(a) 所示的轴承端盖,其主视图为全剖视图,四周均匀分部的螺孔采用简化画法来表达,省去了左视图。图8.4(b) 所示的轴,除主视图外,又采用了断面图、局部剖视图和局部放大图来表达销孔、键槽和退刀槽等局部结构。

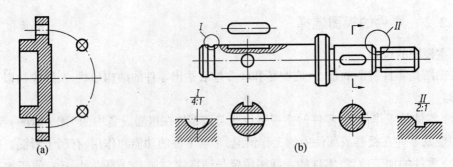

图 8.4　零件主视图和其他视图的选择

3.典型零件视图的选择

由于各类零件的结构形状不同,因此其视图的表达方法也有差异。

(1) 轴套类零件

这类零件主要在车床、磨床上加工成形,包括泵轴、低速轴、手柄等。选择主视图时,应按形状特征和加工位置原则,将轴线水平放置,键槽朝前作为主视图投射方向较好。常采用断面图、局部视图、局部剖视图等来表达键槽、花键和其他槽、孔等结构形状。常用局部放大图表达零件上细小结构的形状和尺寸,如图 8.5 所示。

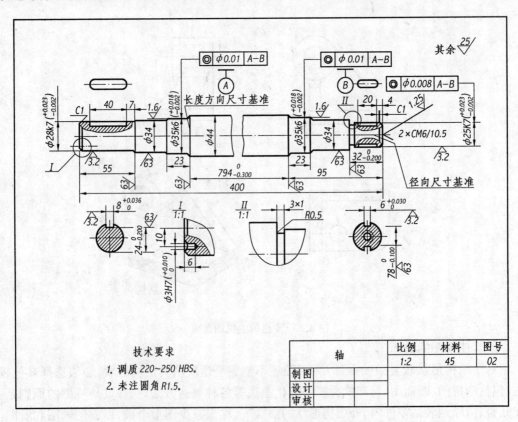

图 8.5　铣刀头中阶梯轴的零件图

(2) 盘、盖类零件

这类零件主要在车床上加工成形,包括各种端盖、皮带轴、齿轮、手轮等。选择主视图时,按形状特征和加工位置原则将轴线水平放置,以垂直轴线为方向作为主视图的投影方向,并用剖视图表示内部结构及其相对位置。

一般采用两个基本视图:主视图常用剖视图表达内部结构;另一视图表达零件的外形轮廓和各部分,如凸缘、孔、肋、轮辐等的分布情况。如果两端面都较复杂,还需增加另一端面的视图,如图 8.6 所示。

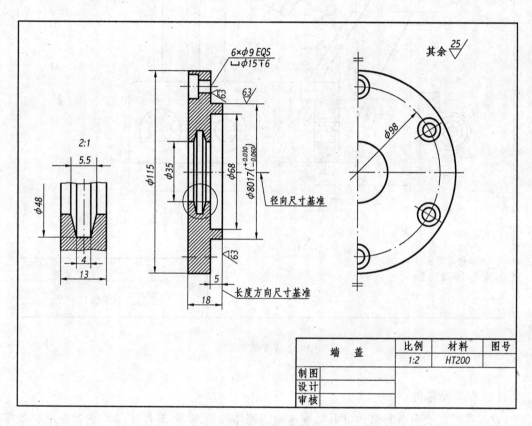

图 8.6　端盖零件图

(3) 叉架类零件

这类零件的结构形状差异很大,许多零件都有歪斜结构,多见于连杆、拨叉、支架、摇杆等,一般起连接、支承、操纵调节作用。鉴于这类零件的功用以及在机械加工过程中位置不大固定,因此,选择主视图时,这类零件常以工作位置放置,并结合考虑其主要结构特征来选择。由于这类零件的形状变化大,因此,视图数量也有较大的伸缩性。它们的倾斜结构常用斜视图或斜剖视图来表示。安装孔、安装板、支承板、肋板等结构常采用局部剖视、移出断面或重合断面来表示,如图 8.7 所示。

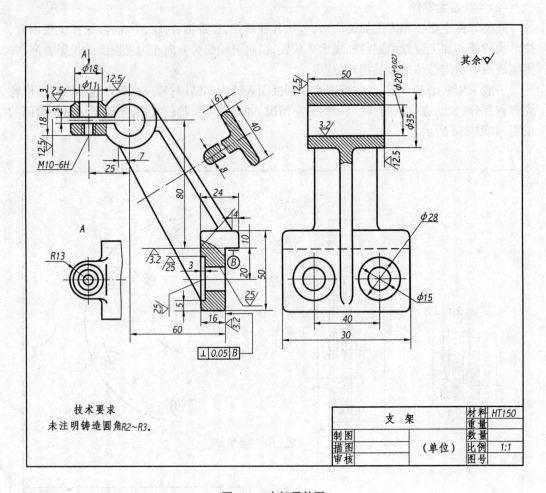

图 8.7　支架零件图

（4）箱壳类零件

这类零件主要有各种泵体、阀体、变速箱的箱体和机座等,其作用是容纳和支承其他零件,其上常有薄壁围成的不同形状的空腔,并带有轴承孔、凸台、肋板,此外,还有安装底板、安装孔、螺孔等结构。箱体类零件结构形状较为复杂,毛坯多为铸件,需经多种机械加工。由于箱体类零件加工工序较多,加工位置多变,所以主视图应按结构形状和工作位置选择,并取剖视,以重点反映其内部结构。为了表达箱体类零件的内外结构,一般要用3个或3个以上的基本视图,并根据结构特点在基本视图上取剖视,还可采用局部视图、斜视图及规定画法等表达外形,如图8.8所示。

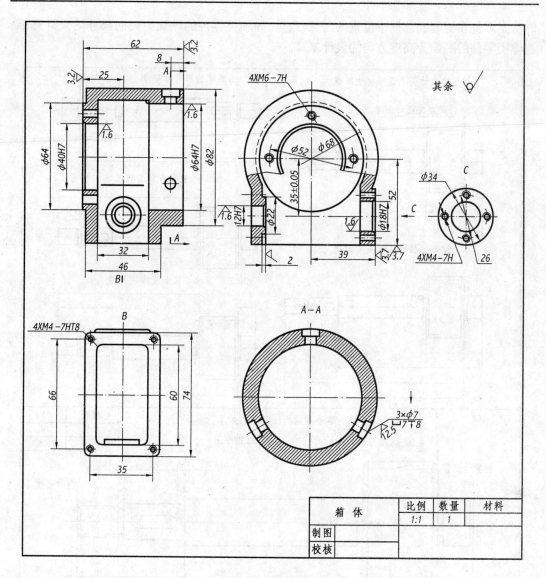

图 8.8 箱体零件图

8.3 零件图的尺寸标注

尺寸标注既要满足零件在机器中能很好地承担工作的要求,还要满足零件的制造、加工、测量和检验的要求。零件图尺寸标注的要求是:正确、清晰、完整、合理。

8.3.1 零件的尺寸基准

1.尺寸基准的分类

尺寸基准是标注尺寸和量取尺寸的起点,分为设计基准和工艺基准,如图 8.9 所示。

（1）设计基准

根据零件的结构和设计要求而确定的基准称为设计基准。用来作为设计基准的,是工作时确定零件在机器或部件中位置的面、线或点,如轴类零件的轴线为径向尺寸的设计基准;箱体类零件的底面为高度方向的设计基准。

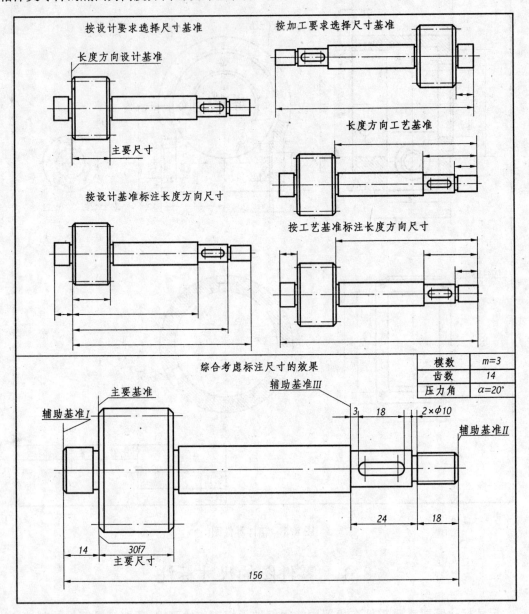

模数	$m=3$
齿数	14
压力角	$\alpha=20°$

图8.9　设计基准和工艺基准

任何零件都有长、宽、高三个方向的尺寸,每个方向只能选择一个设计基准。常见的设计基准有如下 4 类。

①零件上主要回转结构的轴线。

②零件结构的对称面。

③零件的重要支承面、装配面及两零件重要结合面。

④零件主要加工面。

(2) 工艺基准

在零件加工过程中,为满足加工和测量要求而确定的基准称为工艺基准。用来作为工艺基准时,一般是加工时用做零件定位和对刀起点及测量起点的面、线或点。为了减小误差,保证零件的设计要求,在选择基准时,最好使设计基准和工艺基准重合。当零件较复杂时,一个方向只选一个基准往往不够用,还要附加一些基准,其中起主要作用的是主要基准,起辅助作用的是辅助基准。主要基准与辅助基准之间及两辅助基准之间应有尺寸直接联系。

2.尺寸基准的选择

要使尺寸标注合理,选择的尺寸基准一定要恰当。选择尺寸基准一般从以下几方面考虑。

(1) 零件上重要的加工平面,如安装底面、主要端面、零件与零件之间的结合面等。

(2) 零件的对称面,当零件的结构形状在某个方向对称时,常以它的对称面为基准,这样在制造时就容易保证各部分的对称关系。

(3) 主要轴线作为尺寸基准,轴、套及轮盘等回转体零件的直径尺寸,都以轴线为基准。

8.3.2　零件图尺寸的标注

1.尺寸标注的形式

(1) 链式

链式是同一方向的尺寸首尾衔接,一环扣一环形似链条,前一尺寸的终点即为后一尺寸的起点,如图 8.10 所示。这种尺寸标注形式的优点是可以保证每一环尺寸的精度要求,缺点是每一环的误差累积在总长上。

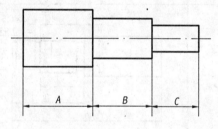

图 8.10　链式标注

(2) 坐标式

坐标式同一方向的尺寸从同一基准算起,如图 8.11 所示。优点是不会产生累积误差;缺点是很难保证每一环的尺寸精度要求。

(3) 综合式

这种标注形式是链式和坐标式的结合,最能适应零件的设计和加工要求,应用较为广泛,如图 8.12 所示。

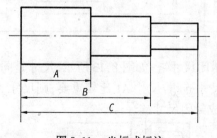

图 8.11　坐标式标注

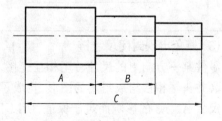

图 8.12　综合式标注

2.标注尺寸的原则

(1) 要满足设计的要求

凡属于设计中的重要尺寸,一定要单独标注出来。设计中的重要尺寸一般是指下列各种尺寸。

① 影响机器传动精度的尺寸,如齿轮的轴间距。

② 直接影响机器性能的尺寸,如车床的主轴中心高。

③ 证零件互换性的尺寸,如导轨的宽度尺寸,轴与孔的配合尺寸等。

④ 定零件安装位置的尺寸,如螺栓孔的中心距和螺孔分布圆的圆周直径等。

(2) 要考虑工艺的要求

标注尺寸时应考虑使它们符合加工顺序和便于测量,同一零件的加工方法及加工过程可以不同,所以,适用于它们的尺寸注法也应不同。在满足零件设计要求的前提下,标注尺寸要尽量符合零件的加工顺序和方便测量,即尺寸应注在表示该结构最清晰的图形上,同一工序尺寸应尽量集中注写,见表 8.1。

表 8.1　台阶轴的加工顺序

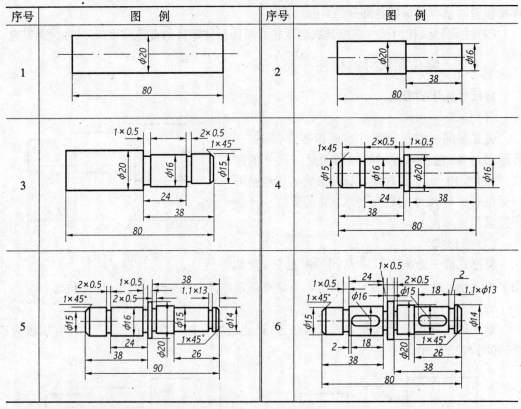

(3) 避免出现封闭尺寸链

零件某一方向上的尺寸首尾相互连接,构成封闭尺寸链。如图 8.13 所示,尺寸是同一方向串联并头尾相接组成封闭的图形,构成了封闭尺寸链。若尺寸 A1 比较重要,则尺寸 A1 将受到尺寸 A2、A3 的影响而难于保证,所以不能形成封闭尺寸链。

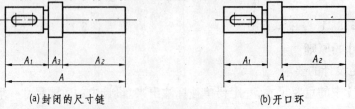

(a)封闭的尺寸链　　　　　　　　(b)开口环

图 8.13　出现封闭的尺寸链

8.3.2 常见零件结构的尺寸标注

零件上常有孔、槽、倒角等结构，它们的尺寸可以采用简化标注法，见表 8.2。

表 8.2 零件上常见孔、槽、倒角的尺寸注法

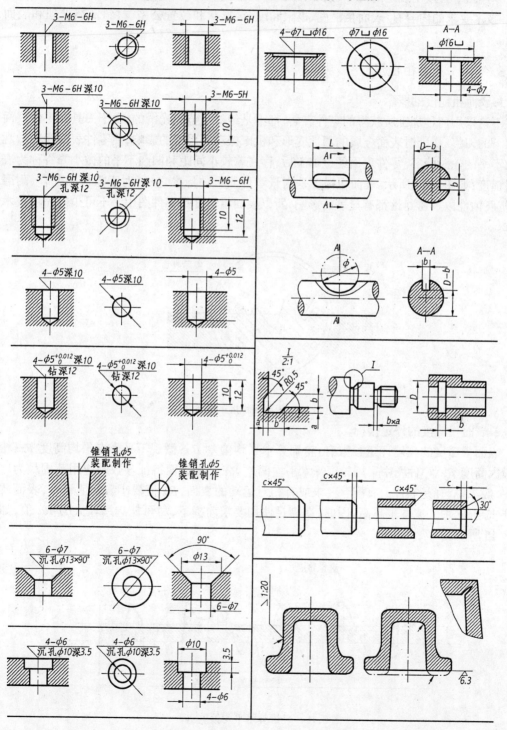

8.4   零件图的技术要求

零件图中必须用规定的代号、数字和文字简明地表示出在制造和检验时所达到的技术要求。技术要求的内容有：表面粗糙度、极限和配合、形状和位置公差、材料及热处理和表面处理。

8.4.1   表面粗糙度

1. 表面粗糙度的概念

不论采用何种加工所获得的零件表面，都不是绝对平整和光滑的。由于刀具在零件表面上留下的刀痕、切削时表面金属的塑性变形和机床振动等因素的影响，使零件表面存在微观凹凸不平的轮廓峰谷。零件表面经过加工后，存在着较小间距和凹凸不平的微小峰谷称为表面粗糙度，如图 8.14 所示。表面粗糙度是衡量零件质量的标准之一，对于零件的配合、耐磨性、抗腐蚀性以及密封性都有显著的影响，所以表面粗糙度是零件图中必不可少的一项技术要求。

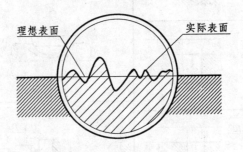

图 8.14   表面粗糙度的概念

2. 表面粗糙度的评定指标

表面粗糙度的高度评定参数有：轮廓算术平均偏差 Ra；微观不平十点平均高度 Rz；轮廓最大高度 Ry。零件图中采用轮廓算术平均偏差 Ra 作为表面特征参数的应用范围最为广泛。一般来说，凡是零件上有配合要求或有相对运动的表面，Ra 值要小。Ra 值越小，表面质量要求越高，加工成本也越高。因此，在满足使用要求前提下，尽可能选用较大的 Ra 值，如图 8.15 所示。

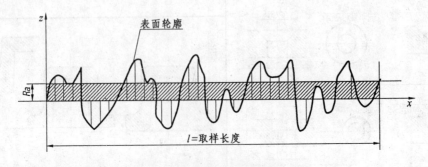

图 8.15   轮廓算术平均偏差 Ra

3.表面粗糙度的标注

（1）表面粗糙度的符号及其画法

表 8.3、8.4 列出了表面粗糙度的符号及其画法规定。

表 8.3　表面粗糙度符号

符　号	意义及说明
	基本符号,表示表面可用任何方法获得。当不加注粗糙度参数值或有关说明(如表面处理,局部热处理状况等)时,仅适用于简化代号标注
	基本符号加一横线,表示表面是用去除材料的方法获得的。如车、铣、钻、磨、剪切、抛光、腐蚀、电火花加工、气割等
	基本符号加一小圆,表示表面是用不去除材料的方法获得的。如铸、锻、冲压变形、热轧、冷轧、粉末冶金等,或者是用于保持原状况的表面(包括保持上道工序的状况)
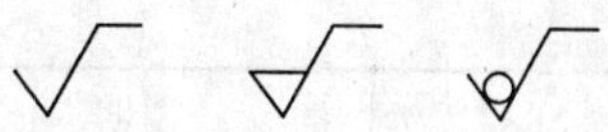	在上述三个符号的长边上均加一横线,在横线的上、下可以标注有关参数和说明
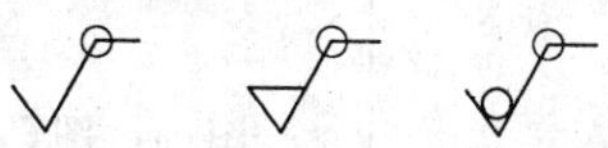	在上述三个符号上均加一个小圆,表示所有表面具有相同的表面粗糙度要求

表 8.4　表面粗糙度符号的画法规定

粗糙度代号及符号的比例	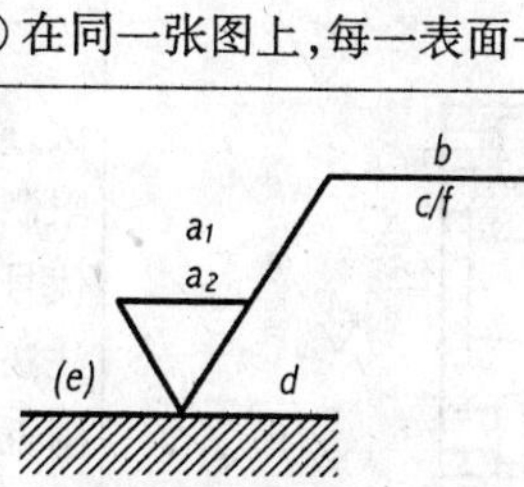 $H_1=1.4h$　$H_2=2.1H_1$　h = 图上尺寸数字高　圆为正三角形的内切圆 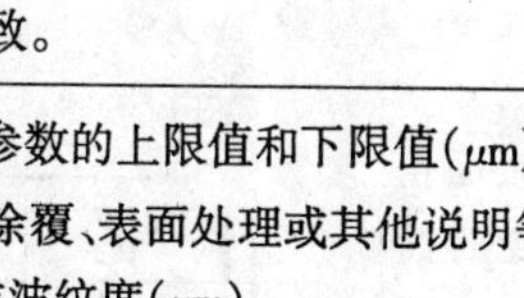
规定及说明	① 符号线宽、数字、字母笔画宽度皆为 $\frac{1}{10}h$; ② 在同一张图上,每一表面一般只标注一次,其大小应一致。
表面粗糙度数值及其有关规定的注写	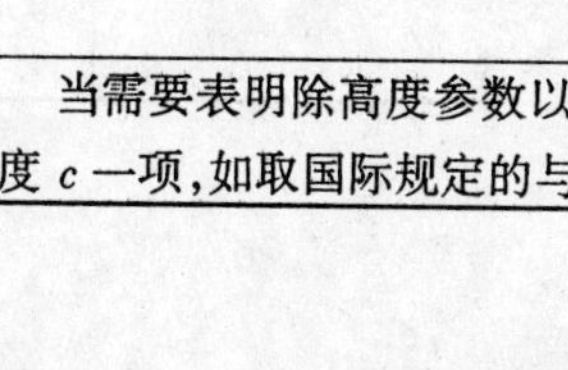 a_1、a_2——粗糙度高度参数的上限值和下限值(μm)　b——加工要求、镀覆、涂覆、表面处理或其他说明等　c——取样长度(mm)或波纹度(μm)　d——加工纹理方向符号　e——加工余量(mm)　f——粗糙度间距参数值(mm)或轮廓支承长度率(%)
规定及说明	当需要表明除高度参数以外的其他规定时,可按上图所规定形式注写。其中取样长度 c 一项,如取国际规定的与高度参数对应的长度数值时,可省略标注

（2）表面粗糙度标注示例

表面粗糙度高度参数 Ra、Rz 在代号中用数值标注时，除参数代号 Ra 可省略外，在 Rz 参数数值前需标注出相应的参数代号 Rz，标注示例见表 8.5。

表 8.5　表面粗糙度代号的意义

代号	意义	代号	意义
3.2 ∨	用任何方法获得的表面粗糙度，R_a 的上限值为 3.2 μm	3.2 / 1.6 ∨	用去除材料方法获得的表面粗糙度，R_a 的上限值为 3.2 μm，R_a 的下限值为 1.6 μm
R_z 3.2 ∨	用任何方法获得的表面粗糙度，R_z 的上限值为 3.2 μm	R_z100	用不除去材料方法获得的表面粗糙度，R_z 的上限值为 100 μm

同一图样中，零件的每一表面都应有表面粗糙度的要求，但一般只标注一次表面粗糙度符号、代号，并经可能靠近有关尺寸线。一般标注在可见轮廓线、尺寸界线、引出线或延长线上符号应由材料外指向表面，具体实例见表 8.6。

表 8.6　表面粗糙度标注示例

标注类别	表面粗糙度标注图例	说明
表面粗糙度代号中数字和符号的标注方向		图（a）、图（b）为内、外表面粗糙度代号中符号和数字的标注方向 图（c）、图（d）为带横线的内、外表面粗糙度符号的标注方向
表面粗糙度的简化注法及省略注法		为了简化标注方法，或者标注位置受到限制时，可以标注简化代号，也可采用省略的注法，但必须在标题栏附近说明这些简化代号及省略标注的意义

续表 8.6

标注类别	表面粗糙度标注图例	说明
特殊结构的表面粗糙度的标注	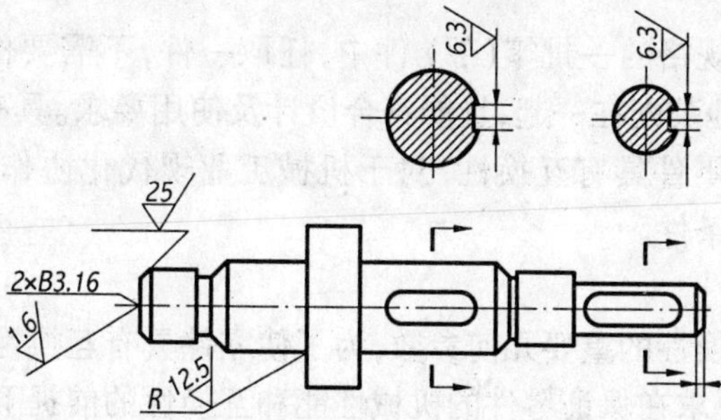	中心孔、键槽、圆角、倒角的表面粗糙度可以采用简化的方法标注
连续表面及不连续表面的粗糙度的标注	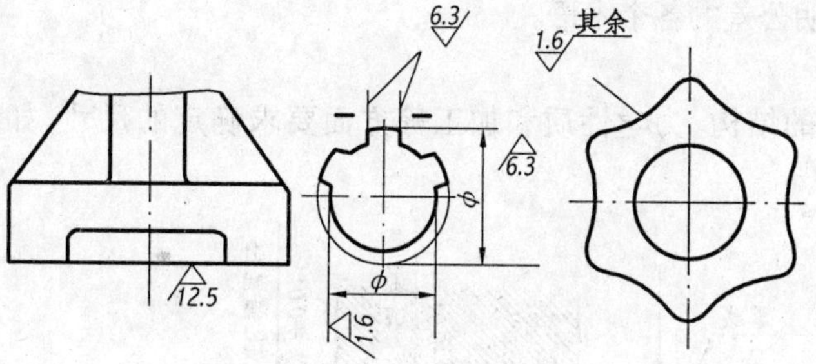	零件上连续表面及重复要素(孔、槽、齿等)的表面、用细实线连接的不连续表面,粗糙度代(符)号只注一次
一般标注	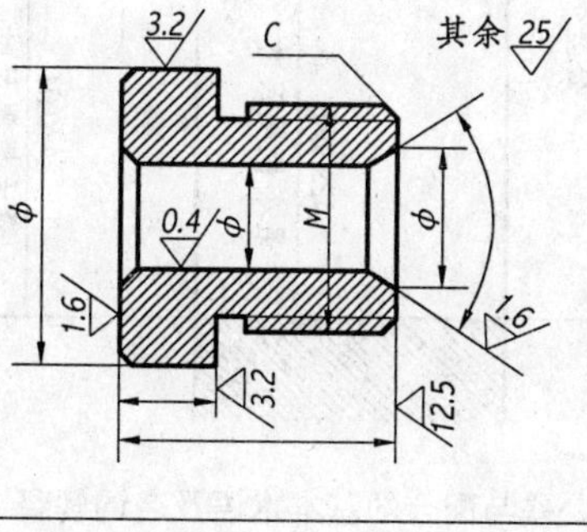	表面粗糙度符号、代号一般应标注在可见轮廓线、尺寸界线、指引线或它们的延长线上,符号的尖端必须从材料外指向表面
大部分表面具有相同的表面粗糙度要求标注	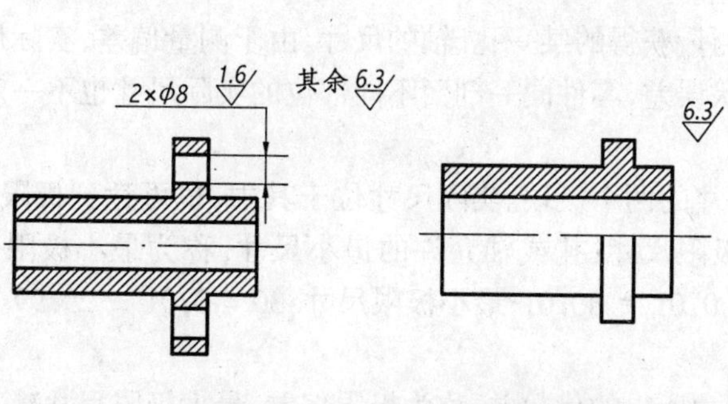	当大部分表面具有相同的表面粗糙度要求时,对其中使用最多的一种代(符)号统一标注在图样的右上角,并加注"其余"两字。当所有的表面具有相同的表面粗糙度要求时,其代(符)号可在图样的右上方统一标注,其大小是图中标注大小的 1.4 倍

8.4.2　极限和配合

1.零件的互换性

互换性是指在制成的同一规格的一批零(部)件中,任取一件,不需要作任何挑选或修配,就能与有关零(部)件顺利地装配在一起,且能符合设计及使用要求。具有这种性质的零(部)件称为互换性零(部)件。零件具有互换性,对于机械工业现代化协作生产、专业化生产、提高劳动效率,提供了重要条件。

2.公差的概念、术语

零件的尺寸是保证零件互换性的重要几何参数,为了使零件具有互换性,并不要求零件的尺寸加工得绝对准确,而是要求在保证零件的机械性能和互换性的前提下,允许零件尺寸有一个变动量,这个允许尺寸的变动量称为公差。

以图 8.16 为例,说明公差的各个术语。

(1) 基本尺寸

在设计时根据零件的结构、力学性质和加工等方面要求确定的尺寸,如图 8.16 中的 $\phi30$。

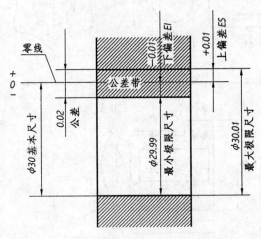

图 8.16　公差与配合的基本术语及名词解释

(2) 实际尺寸

加工成成品后,通过测量获得的某一孔、轴的尺寸。由于测量偏差,实际尺寸并不是零件的真实尺寸。同时由于形状误差,零件同一剖面不同部位的实际尺寸也不一定相等。

(3) 极限尺寸

一个孔或轴允许的尺寸的两个极端。实际尺寸位于其中,也可达到极限尺寸。孔或轴允许的最大尺寸,称为最大极限尺寸;孔或轴允许的最小尺寸,称为最小极限尺寸,如图 8.16 所示。最大极限尺寸:30 + 0.01 = 30.01;最小极限尺寸:30 - 0.01 = 29.99。

(4) 极限偏差

极限尺寸减其基本尺寸所得的代数差,称为极限偏差。最大极限尺寸减其基本尺寸所得的代数差,称为上偏差;最小极限尺寸减其基本尺寸所得的代数差,称为下偏差。偏差可以是正值、负值或零。例如,$ES = 30.01 - 30 = + 0.01$;$EI = 29.99 - 30 = - 0.01$。

(5) 尺寸公差(简称公差)

最大极限尺寸与最小极限尺寸之差,或上偏差与下偏差之差,称为公差。它是允许尺寸的变动量,恒为正值。

公差 = 最大极限尺寸 – 最小极限尺寸 = 30.01 – 29.99 = 0.02

公差 = 上偏差 – 下偏差 = 0.01 – (– 0.01) = 0.02

(6) 公差带

由代表上偏差和下偏差,或最大极限尺寸和最小极限尺寸的两条直线所限定的一个区域,称为公差带,如图 8.17 所示。

(7) 零线

在公差带图中,确定偏差的一条基准直线称为零线,常表示基本尺寸。

(8) 标准公差

国家标准(GB/T 1800.4—1999)规定的、用以确定公差带大小的任一公差称为标准公差。标准公差用公差符号"IT"表示,分为 20 个等级,即 IT01、IT0、IT1、IT2、…、IT18。IT01 公差值最小,IT18 公差值最大,标准公差反映了尺寸的精确程度。

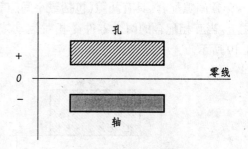

图 8.17 公差带示意图

(9) 基本偏差

在极限与配合制中,用以确定公差带相对于零线位置的那个极限偏差称为基本偏差,它可以是上偏差,也可以是下偏差,一般为靠近零线的那个偏差,如图 8.18 所示。

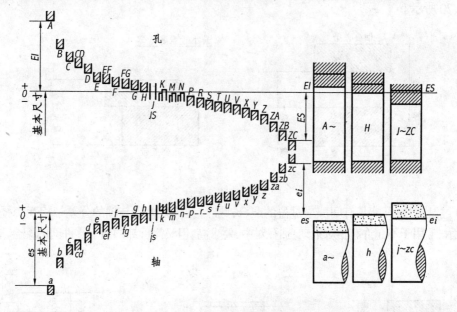

图 8.18 基本偏差系列

3.配合的概念及术语

　　基本尺寸相同、相互结合的孔与轴公差带之间的关系,称为配合。配合的前提必须是基本尺寸相同,二者公差带之间的关系确定了孔、轴装配后的配合性质。

　　间隙或过盈是孔的尺寸减去相配合的轴的尺寸所得的代数差,此差值为正时是间隙,为负时是过盈。

　　(1) 配合的三种类型

　　① 间隙配合。具有间隙(包括最小间隙等于零) 的配合,此时,孔的公差带在轴的公差带之上。当互相配合的两个零件需相对运动或要求拆卸很方便时,则需采用间隙配合,如图8.19 所示。

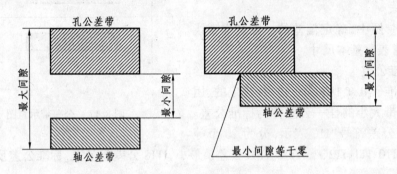

图 8.19　　间隙配合

　　② 过盈配合。具有过盈(包括最小过盈等于零) 的配合,此时,孔的公差带在轴的公差带之下。当相互配合的两个零件需牢固连接、保证相对静止或传递动力时,则需采用过盈配合,如图 8.20 所示。

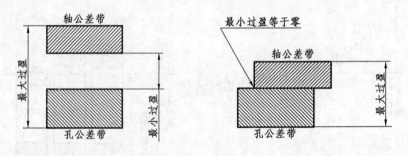

图 8.20　　过盈配合

　　③ 过渡配合。可能具有间隙或过盈的配合,此时,孔的公差带与轴的公差带相互交叠,如图8.21 所示。常用于不允许有相对运动,轴孔对中,要求高,但又需拆卸的两上零件间的配合。

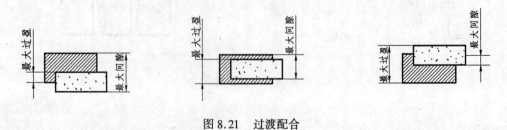

图 8.21　　过渡配合

(2) 基孔制配合和基轴制配合

由标准公差和基本偏差可以组成大量的孔、轴公差带，形成各种情况的配合。国家规定了两种配合制。

① 基孔制配合。基本偏差为一定的孔的公差带，与不同基本偏差的轴的公差带形成各种配合的一种制度。基孔制的孔称为基准孔，GB/T 1800.1规定基准孔的下偏差为零，基本偏差代号为 H，如图 8.22 所示。

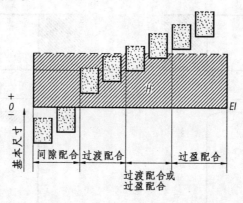

图 8.22　基孔制配合

② 基轴制配合。基本偏差为一定的轴的公差带，与不同基本偏差的孔的公差带形成各种配合一种制度。基轴制的轴称为基准轴，GB/T 1800.1规定基准轴的上偏差为零，基本偏差代号为 h。一般情况下，优先选用基孔制配合。如有特殊要求，允许将任一孔、轴公差带组成配合，如图 8.23 所示。

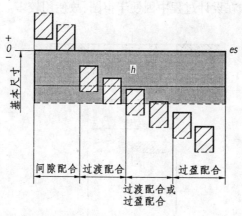

图 8.23　基轴制配合

4.尺寸公差与配合规定标注(GB/T 4458.5—1984)

(1) 零件图中的标注

在零件图中标注孔、轴的尺寸公差有下列三种形式。

① 标注极限偏差。上偏差标注在基本尺寸的右上方，下偏差与基本尺寸注在同一底线上，偏差数字的字体比尺寸数字字体小一号，小数点必须对齐，小数点后的位数也必须相同。

当某一偏差为零时,用数字"0"标出,并与上偏差或下偏差的小数点前的个位数对齐,如图 8.24 所示。这种注法用于少量或单件生产。

② 标注公差带代号。公差带代号由基本偏差代号及标准公差等级代号组成,注在基本 尺寸的右边,代号字体与尺寸数字字体的高度相同,如图 8.25 所示。这种注法一般用于大批 量生产,由专用量具检验零件的尺寸。

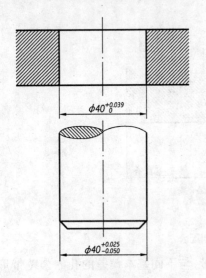

图 8.24　标注极限偏差　　　　　　　图 8.25　标注公差带代号

③ 公差带代号与极限偏差一起标注。偏差数值注在尺寸公差带代号之后,并加圆括号, 如图 8.26 所示。这种注法在设计过程中因便于审图,故使用较多。

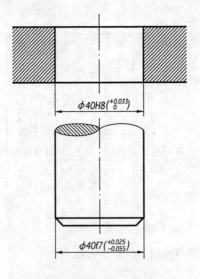

图 8.26　公差带代号与极限偏差一起标注

(2) 装配图中的标注

在装配图中表示线性尺寸的配合时,必须在基本尺寸的右边,用分数的形式标出,分子为孔的公差带代号,分母为轴的公差带代号,如图 8.27 所示。

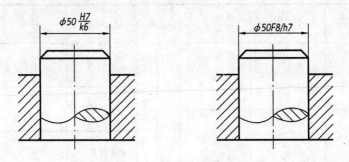

图 8.27 装配图中一般标注方法

8.4.3 形状和位置公差

1. 形状和位置公差的概念

形状公差和位置公差,是指零件的实际形状和实际位置对理想形状和理想位置的允许变动量,简称形位公差,如图 8.28、8.29 所示。合理确定形位公差,才能满足零件的使用性能与装配要求,它同尺寸公差、表面粗糙度一样,是评定零件质量的一项重要指标。

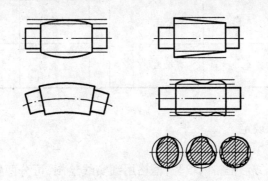

图 8.28 几何形状误差

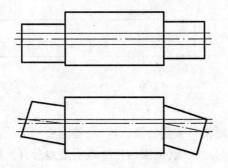

图 8.29 位置误差

2. 形位公差的符号

形位公差特征项目符号见表 8.7。

表 8.7　形位公差的项目和符号

公　差		特征项目	符　号	有或无基准要求	公　差		特征项目	符号	有或无基准要求
形状	形状	直线度	—	无	位置	定向	平行度	//	有
		平面度	▱	无			垂直度	⊥	有
		圆度	○	无			倾斜度	∠	有
		圆柱度	⌱	无		定位	位置度	⊕	有或无
							同轴度（同心度）	◎	有
							对称度	═	有
形状或位置	轮廓	线轮廓度	⌒	有或无		跳动	圆跳动	↗	有
		面轮廓度	⌓	有或无			全跳动	↗↗	有

3. 形位公差的标注规定

（1）框格

形位公差在一个长方形框格内填写，框格用细实线绘制，可分两格或多格，一般水平放置或垂直放置，第一格填写形位公差符号，第二格填写公差数值及有关公差带符号，第三格及其以后的框格，填写基准代号及其他符号，如图 8.30 所示。

—	0.10

//	0.06	B

⊕	0.01	A	C	B

图 8.30　形位公差框格

（2）被测要素

用带箭头的指引线将框格与被测要素相连。当被测要素为轮廓线或表面时，将箭头指向该要素的轮廓线或轮廓线的延长线（但需与尺寸线明显地分开），如图 8.31 所示。

（3）基准要素

相对于被测要素的基准，用基准字母表示。带小圆的大写字母用细实线与粗短横线相连组成基准符号，如图 8.32 所示。

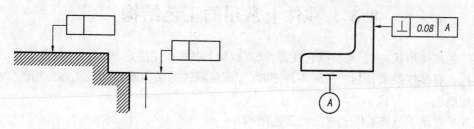

图 8.31　被测要素的标注　　　　　图 8.32　基准要素的标注

（4）公差数值

形位公差的数值，如无特殊说明，一般指被测要素全长上的公差值。如被测部位仅为被测要素的某一部分时，应采用细实线画出被测量的范围，并注出此范围的尺寸。

（5）形位公差标注举例

① ϕ150 的球面对于 ϕ16 轴线的圆跳动公差是 0.003。

② 杆身 ϕ16 的圆柱度公差为 0.005。

③ $M8 \times 1$ 的螺纹孔轴线对于 ϕ16 轴线的同轴度公差是 ϕ0.1。

④ 底部对于 ϕ16 轴线的圆跳动公差是 0.1，如图 8.33 所示。

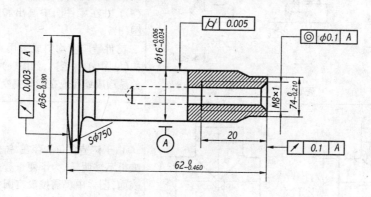

图 8.33　形位公差标准实例

8.4.4　材料热处理和表面处理

热处理是对金属零件按一定规范进行加热、保温及冷却，从而改变金属的内部组织，提高材料机械性能的工艺，如淬火、退火、回火、正火、调质等。热处理结构常用布氏硬度（HB）、洛氏硬度（HRC）和维氏硬度（HV）表示。表面处理是为了改善零件表面材料性能，提高零件表面硬度、耐磨性、抗腐性等而采用的加工工艺，如渗碳、表面淬火、表面涂层等。对零件的热处理及表面处理的方法和要求，一般注写在技术要求中，局部热处理和表面处理也可在图上标注。

8.5　零件上常用的工艺结构

零件的结构形状,主要是根据它在部件(或机械)中的作用决定的,但是,制造工艺对零件的结构也有某些要求。因此,在画零件图时,应该使零件的结构既要满足实际应用的要求,又要方便制造。

表8.8列出了一些零件上常用的工艺结构。

表8.8　零件上常用的工艺结构

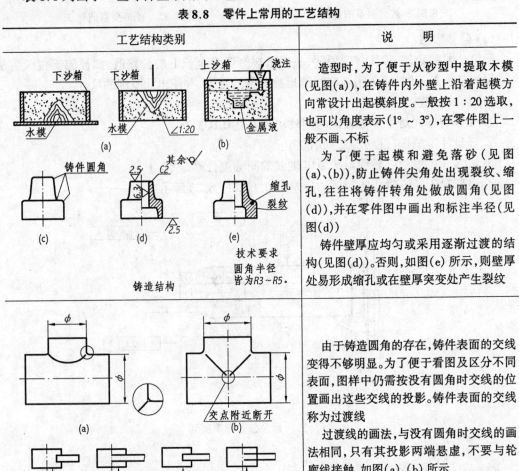

工艺结构类别	说　明
铸造结构	造型时,为了便于从砂型中提取木模(见图(a)),在铸件内外壁上沿着起模方向常设计出起模斜度。一般按1:20选取,也可以角度表示(1°~3°),在零件图上一般不画、不标 为了便于起模和避免落砂(见图(a)、(b)),防止铸件尖角处出现裂纹、缩孔,往往将铸件转角处做成圆角(见图(d)),并在零件图中画出和标注半径(见图(d)) 铸件壁厚应均匀或采用逐渐过渡的结构(见图(d))。否则,如图(e)所示,则壁厚处易形成缩孔或在壁厚突变处产生裂纹
过渡线画法	由于铸造圆角的存在,铸件表面的交线变得不够明显。为了便于看图及区分不同表面,图样中仍需按没有圆角时交线的位置画出这些交线的投影。铸件表面的交线称为过渡线 过渡线的画法,与没有圆角时交线的画法相同,只有其投影两端悬虚,不要与轮廓线接触,如图(a)、(b)所示 在画肋板(柱身)与圆柱(连杆头部)组合的过渡线时,其过渡线的形状与肋板的断面形状、肋板与圆柱的组合形式有关,如图(c)、(d)所示 过渡线的画法也可以简化,例如用圆弧或直线代替非圆曲线。如图(c)、(d)主视图中过渡线投影的简化画法

续表8.8

工艺结构类别	说　明
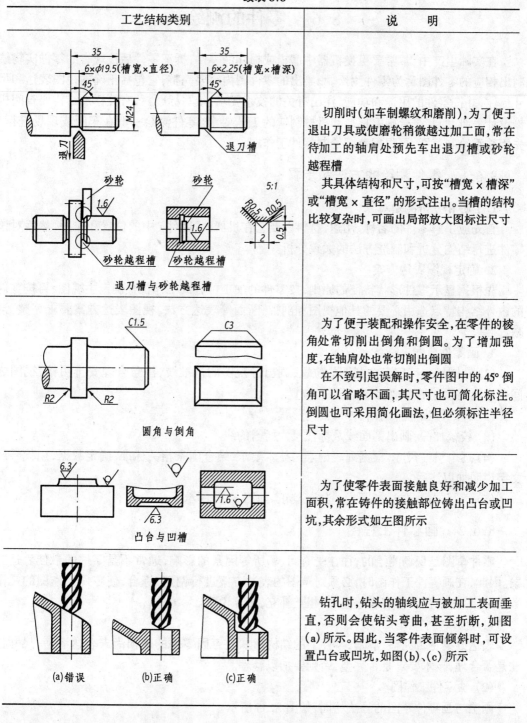	切削时(如车制螺纹和磨削),为了便于退出刀具或使磨轮稍微越过加工面,常在待加工的轴肩处预先车出退刀槽或砂轮越程槽 其具体结构和尺寸,可按"槽宽×槽深"或"槽宽×直径"的形式注出。当槽的结构比较复杂时,可画出局部放大图标注尺寸
	为了便于装配和操作安全,在零件的棱角处常切削出倒角和倒圆。为了增加强度,在轴肩处也常切削出倒圆 在不致引起误解时,零件图中的45°倒角可以省略不画,其尺寸也可简化标注。倒圆也可采用简化画法,但必须标注半径尺寸
	为了使零件表面接触良好和减少加工面积,常在铸件的接触部位铸出凸台或凹坑,其余形式如左图所示
	钻孔时,钻头的轴线应与被加工表面垂直,否则会使钻头弯曲,甚至折断,如图(a)所示。因此,当零件表面倾斜时,可设置凸台或凹坑,如图(b)、(c)所示

图中文字说明:

35　6×φ19.5(槽宽×直径)　45°　退刀　M24

35　6×2.25(槽宽×槽深)　45°　退刀槽

砂轮　1.6　砂轮越程槽

砂轮　1.6　砂轮越程槽

5:1　R2.5　R0.5　2　0.5

退刀槽与砂轮越程槽

C1.5　C3　R2　R2

圆角与倒角

6.3　6.3　1.6

凸台与凹槽

(a)错误　(b)正确　(c)正确

8.6　　零件的测绘

在实际生产中,常常要更换机器中磨损或损坏的零件,拆下零件后按现有的零件实物绘制出相应的零件图称为零件测绘。测绘出的零件图内容要完整,它包括正确的视图表达和尺寸标注,并按零件的用途和功能,注出有关的技术要求,填写标题栏,有关标准结构要查阅机械设计手册,使其符合国家标准和机械制造的工艺要求。零件测绘一般在车间或现场进行,先用徒手绘制草图,再根据草图绘制零件工作图。

8.6.1　　零件测绘的方法和步骤

1. 了解和分析测绘对象

首先应了解零件的名称、用途、材料以及它在机器(或部件)中的位置和作用,然后对该零件进行结构分析和制造方法的大致分析。

2. 确定视图表达方案

先根据显示零件形状特征的原则,按零件的加工位置或工作位置确定主视图;再按零件的内外结构特点选用必要的其他视图和剖视、断面等表达方法。视图表达方案要求完整、清晰、简练。

3. 画零件草图

(1) 在图纸上确定各个视图的位置,画出各视图的基准线,注意合理安排图幅,视图之间留有标注尺寸的余地,留出标题栏位置。

(2) 详细画出零件的内、外部结构形状。

(3) 校核加深,画出剖面线及标注尺寸所需的线。

(4) 逐个量注尺寸,根据列表记录的技术要求,结合国家相关标准,确定数据,用代号或文字说明加以注写。

(5) 填写技术要求、标题栏,复核、校正。如图 8.34 所示。

8.6.2　　画零件工程图

零件草图是现场测绘的,往往受时间、场所等因素的影响,通常不是零件的最佳表达方案。因此,在画零件工作图时,必须对草图的表达方案进行调整、综合,使零件工作图的视图数量适当,每个视图都有表达重点,相互补充,相互说明。

(1) 校核零件草图

表达方案是否完整、清晰,零件上的结构形状是否因零件的破损尚未表达清楚,尺寸标注是否合理,技术要求是否完整,否则要加以整理。

(2) 画零件工作图

画法与画零件草图的画法相同,如图 8.35 所示。

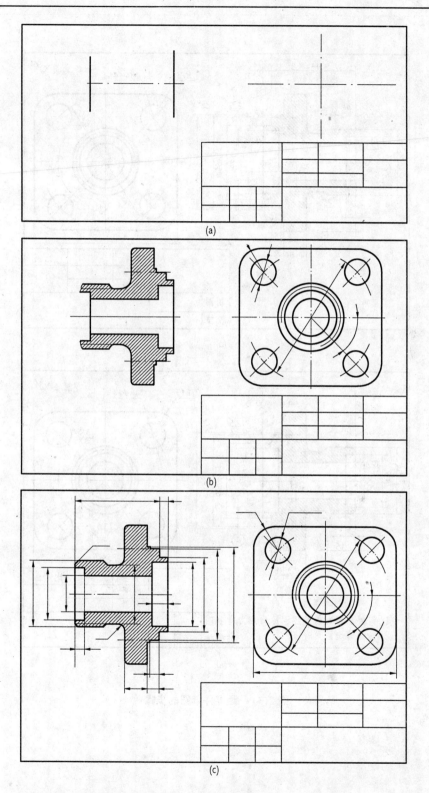

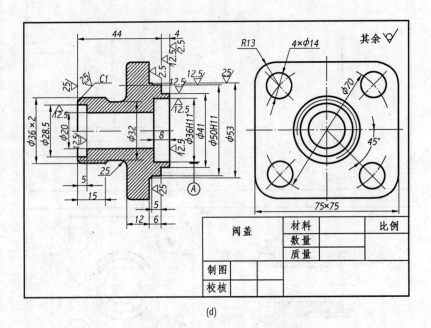

(d)

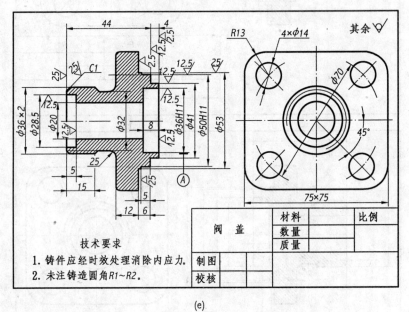

技术要求

1. 铸件应经时效处理消除内应力。
2. 未注铸造圆角R1~R2。

(e)

图 8.34　画零件草图的步骤

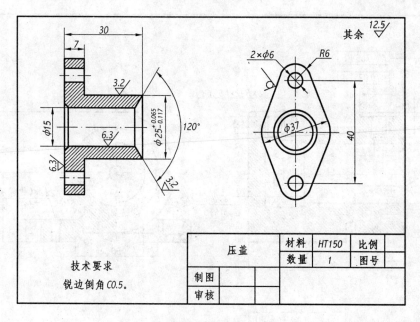

图 8.35 零件工作图

8.7 看零件图

8.7.1 读零件图的一般方法步骤

1.概括了解

首先应从标题栏入手读图。从标题栏中的名称、比例、材料等,可以概括了解零件的作用、类型、大小、材质等情况。

2.分析视图

分析视图时首先应确定主视图,并弄清主视图与其他视图的投影联系,明确各视图采用的表达方法,从而明确各视图所表达零件的结构特点。分析视图还必须采用由大到小、从粗到细的形体分析方法。首先明确零件的主体结构,然后进行各部分的细致分析,深入了解和全面掌握零件各部分的结构形状,想象出视图所反映的零件形状。

3.尺寸分析

尺寸是零件图的灵魂,看图时结合零件的尺寸,可以加快看图的速度,例如不论标注在圆还是非圆的视图上都可以确定是圆形结构。

4.分析技术要求

技术要求的分析包括尺寸公差、形位公差、表面粗糙度及技术要求说明,它们都是零件图的重要组成部分,阅读零件图时也要认真进行分析。

8.7.2 看图举例

看缸体零件图,如图 8.36 所示。

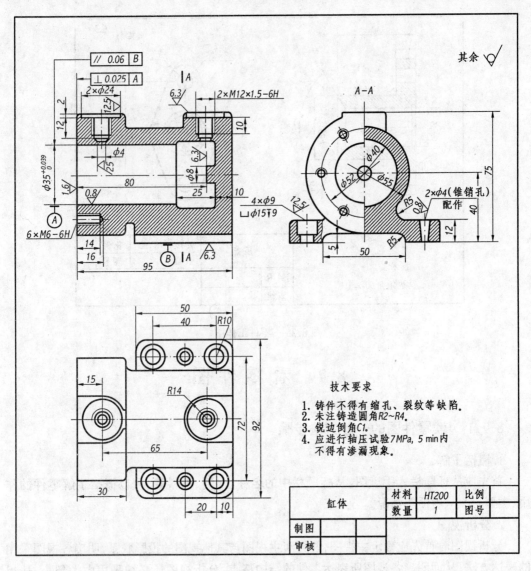

图 8.36　缸体零件图

1. 概括了解

从标题栏看,零件名称为缸体,材料为 HT200,它用来安装活塞、缸盖和活塞杆等零件,属于箱体类零件。

2. 分析视图

缸体零件图采用了 3 个基本视图。主视图是全剖视图,表达缸体内腔结构形状,内腔的右端是空刀部分,$\phi 8$ 的凸台起到限定活塞工作位置的作用,上部左右两个螺孔是连接油管用的螺孔。俯视图表达了底板形状和 4 个沉头孔、两个圆锥销孔的分布情况,以及两个螺孔所在凸台的形状。左视图采用 A—A 半剖视图和局部剖视图,它们表达了圆柱形缸体与底板连接情况,连接缸盖螺孔的分布和底板上的沉头孔。

3. 尺寸分析

缸体长度方向的尺寸基准是左端面,从基准出发标注定位尺寸 80、15,定形尺寸 95、30

等,并以辅助基准标注了缸体底板上的定位尺寸 10、20、40,定形尺寸 65、R10。宽度方向尺寸基准是缸体前后对称面的中心线,并注出底板上的定位尺寸 72,定形尺寸 92、50。高度方向的尺寸基准是缸体底面,并注出定位尺寸 40,定形尺寸 5、12、75。

4. 分析技术要求

缸体活塞孔 $\phi35^{+0.039}_{0}$ 和圆锥销孔,前者是工作面并要求防止泄漏,后者是定位面,所以表面粗糙度 Ra 的最大允许值为 0.8 μm;其次是安装缸盖的左端面,为密封平面,Ra 值为 1.6 μm。$\phi35^{+0.039}_{0}$ 的轴线与底板安装面 B 的平行度公差为 0.06;左端面与 $\phi35^{+0.039}_{0}$ 的轴线垂直度公差为 0.025。因为油缸的介质是压力油,所以缸体不应有缩孔,加工后还要进行保压试验。

第9章 装 配 图

本章将着重介绍装配图的内容、表达方法、画图步骤,看装配图的方法、步骤,以及由装配图拆画零件图的方法等。

9.1 概 述

表达机器或部件的图样,称为装配图。装配图与零件图有着不同的作用。零件图仅表达单个零件,而装配图则表达整台机器或部件。因此,装配图必须清晰、准确地表达出机器或部件的工作原理、传动路线、性能要求、各组成零件间的装配、连接关系和主要零件的主要结构形状,以及有关装配、检验、安装时所需要的技术要求。因此,装配图和零件图一样,也是生产中的重要技术文件。

1.装配图的分类

装配图分为总装配图和部件装配图。总装配图简称总装图,部件装配图简称部装图。根据装配图在生产过程中的作用又分为设计装配图和装配工作图,前者是指设计过程中用作结构设计和拆画零件图的装配图,后者是用于指导装配工作的装配图。现在,也常用设计装配图代替装配工作图,以减少画图工作量。

2.装配图的内容

装配图(见图9.1)应包括以下几方面内容。

(1)一组图形

用视图、剖视图、断面图和特殊表达方法等组成的一组图形来完整、清晰地表达机器或部件的工作原理、零件间的装配关系和主要零件的主要结构形状等。

(2)几类尺寸

装配图上应注出反映机器或部件的性能、规格、零件(或零、部件)间的相对位置、配合和安装等所必需的尺寸。

(3)技术要求

用文字或(和)符号说明机器(或部件)性能、质量规范和装配、调试、安装应达到的技术指标和使用要求等。

(4)零、部件编号,明细表和标题栏

说明零件名称、数量、材料、标准规格和标准代号以及部件名称、主要责任人员名单等,供组织管理生产、备料、存档查阅之用。

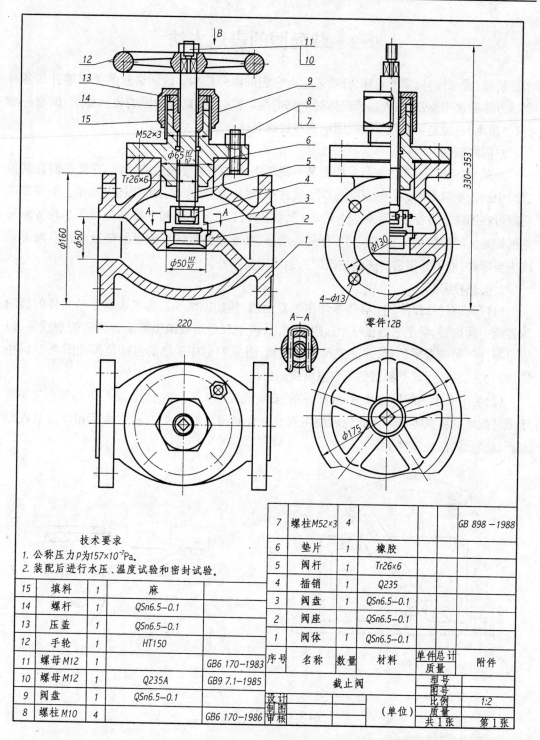

技术要求
1. 公称压力P为157×10⁻⁷Pa。
2. 装配后进行水压、温度试验和密封试验。

15	填料	1	麻		
14	螺杆	1	QSn6.5－0.1		
13	压盖	1	QSn6.5－0.1		
12	手轮	1	HT150		
11	螺母M12	1		GB6 170－1983	
10	螺母M12	1	Q235A	GB9 7.1－1985	
9	阀盘	1	QSn6.5－0.1		
8	螺柱M10	4		GB6 170－1986	

7	螺柱M52×3	4			GB 898－1988
6	垫片	1	橡胶		
5	阀杆	1	Tr26×6		
4	插销	1	Q235		
3	阀盘	1	QSn6.5－0.1		
2	阀座		QSn6.5－0.1		
1	阀体		QSn6.5－0.1		
序号	名称	数量	材料	单件总计 质量	附件
		截止阀		型号 图号	
设计				比例	1:2
制图		(单位)		质量	
审核				共1张	第1张

图9.1 截止阀装配图

9.2　装配图的表达方法

机器(或部件)同零件一样,都要表达出它们的内外结构。前面讲过的关于零件的各种表达方法和选用原则,在表达装配体时全都适用。同时,根据装配图的表达要求,国家标准《机械制图》还规定了适用于装配图的一些特殊表达方法。

1.拆卸画法

当某个(或某些)零件在装配图的某一视图上遮住了需要表达的结构,并且它们在其他视图中已表示清楚时,可假想拆去这个(或这些)零件,把其余部分的视图画出来。若需要说明时可在图的上方标注"拆去零件×××",如图9.1的俯视图和左视图拆去了手轮等。采用拆卸画法时要特别注意"拆卸"不能随心所欲,必须坚持拆卸后能更清晰地表达装配关系或主要零件,而不是损害要表达的装配关系或主要零件。

2.假想投影画法

(1)在机器(或部件)中,有些零件作往复运动、转动或摆动。为了表示运动零件的极限位置或中间位置,常把它画在一个极限位置上,再用双点画线画出其余位置的假想投影,以表示零件的另一极限位置,并注上尺寸。例如,图9.2(a)中手柄的运动范围和图9.2(b)中铣床顶尖的轴向运动范围都是用双点画线画出的。

(2)为了表示装配体与其他零(部)件的安装或装配关系,常把与该装配体相邻而又不属于该装配体的有关零(部)件的轮廓线用双点画线画出。如图9.2(a)中表示箱体安装在双点画线表示的底座零件上。

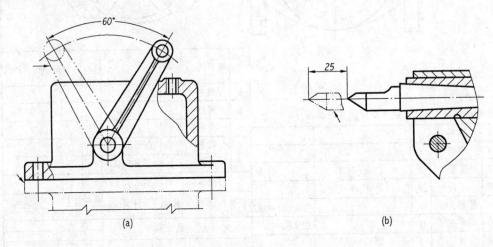

(a)　　　　　　　　　　　　　　　　　(b)

图9.2　假想投影画法

3.沿结合面剖切画法

假想用剖切面沿零件的结合面剖切,画出剖视图以表达内部结构,例如,图9.3滑动轴承装配图中的俯视图,此时结合面处不画剖面符号。

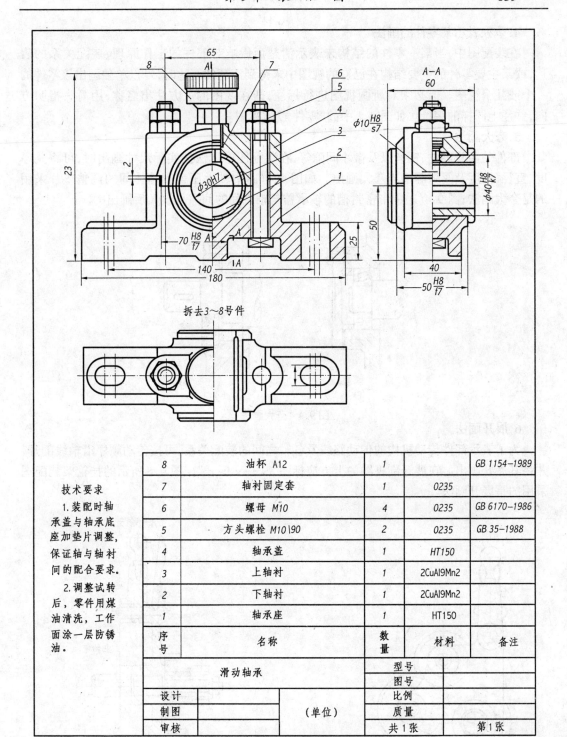

8	油杯 A12	1		GB 1154–1989
7	轴衬固定套	1	0235	
6	螺母 M10	4	0235	GB 6170–1986
5	方头螺栓 M10\90	2	0235	GB 35–1988
4	轴承盖	1	HT150	
3	上轴衬	1	2CuAl9Mn2	
2	下轴衬	1	2CuAl9Mn2	
1	轴承座	1	HT150	
序号	名称	数量	材料	备注

拆去3~8号件

图9.3 滑动轴承装配图

4.单独表示某零件的画法

在装配图中,当某一零件的结构未表示清楚而影响对部件的工作原理、装配关系的表达,或某主要零件的主要结构在已有的视图中未得到清楚的表达时,可以单独画出该零件的一个或几个视图。但必须对所画视图进行标注,即在视图的上方注出名称,用箭头指明方向,并注上同样的字母。如图 9.1 中的"零件 12B"视图。

5.夸大画法

部件的薄片零件、钢丝以及微小间隙等,在装配图中无法按实际尺寸画出时,可将其厚度、直径、锥度及间隙等适当夸大画出。如图 9.4(a)中轴承压盖和箱体间的调整垫片采用的是夸大画法;图 9.4(b)中带密封槽的轴承盖与轴之间的间隙是放大后画出的。

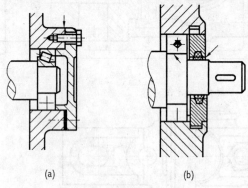

(a)　　　　　　　　　　(b)

图 9.4 ·夸大画法

6.展开画法

为了表示部件传动机构的传动路线及各轴之间的装配关系,可按传动顺序沿轴线剖开,并将其展开画出。在展开剖视图的上方应标注"×—×展开"。图 9.5 所示的挂轮架装配图采用的是展开画法。

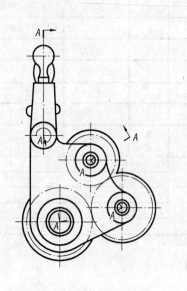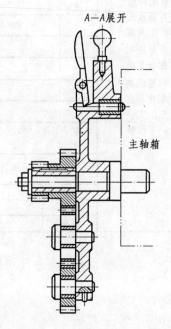

$A-A$ 展开

主轴箱

图 9.5　展开画法

9.3 装配图中的尺寸注法

装配图上的尺寸主要用来表达机器或部件的性能规格、工作原理、装配关系和安装等要求。装配图上应标注下述几类尺寸。

1. 特征尺寸

表示装配体的性能或规格的尺寸称为特征尺寸。这类尺寸在该装配体设计前就已确定,是设计和使用机器的依据。如图 9.1 截止阀的通孔直径 $\phi 50$ 等。

2. 装配尺寸

装配尺寸是表示机器或部件中各零件间配合、连接关系以及表示其相对位置的尺寸。

(1)配合尺寸。表示两零件表面配合性质的尺寸,如图 9.1 中的 $\phi 50 \dfrac{H7}{h7}$ 和 $\phi 65 \dfrac{H7}{h7}$。

(2)连接尺寸。表示两零件连接关系的尺寸。

(3)相对位置尺寸。表示机器或部件中需要保证的零件间相互位置关系的尺寸,如主要平行轴线之间的距离,主要轴线到基准面的距离。

3. 安装尺寸

安装尺寸是表示部件在机器上,或机器在地基上的安装位置及安装面面积的尺寸,如图 9.1 中阀体与其他机件安装时的安装尺寸 $\phi 130$、$\phi 13$、$\phi 160$ 等。

4. 外形尺寸

外形尺寸是表示机器或部件总体外形大小的尺寸,是机器或部件包装、运输及厂房设计、作业空间设计所需要的尺寸。如图 9.1 截止阀的总高为 330～353,总长为 220,总宽为手轮的最大直径 $\phi 175$。

5. 其他重要尺寸

其他重要尺寸,即一些在设计中经过计算或试验验证所确定的尺寸,但又未被列入上述尺寸之中。

(1)对实现装配体的功能有重要意义的零件结构尺寸。如图 9.1 中阀杆 5 上面的螺纹 $Tr26 \times 6$ 及 $M52 \times 3$ 等。

(2)运动零件运动范围的极限尺寸。如图 9.3 中摇杆摆动范围的极限尺寸为 0°～60°,铣床顶尖的轴向移动范围的极限尺寸为 0～25。

9.4 装配图中零、部件序号及明细表

为了便于生产和图样管理,装配图中所有零、部件都必须编号,国家标准《机械制图》(GB/T 4458.2—1984)对装配图中零、部件序号及其编排方法作了统一的规定。

9.4.1 零、部件序号

1. 编写序号的基本规定

同一张装配图中相同零件(指结构形状、尺寸和材料都相同)或部件应编写同样的序号,

一般只标注一次。如图 9.1 中的 7、8 号螺柱连接,数量有 4 个,但序号只编写了一次。装配图中零、部件的序号应与明细表中的序号一致。

2. 指引线的画法

零、部件编号,应画指引线,指引线形式有三种,如图 9.6 所示。指引线用细实线绘制,并从所指的零、部件的可见轮廓内引出,且在末端画一小圆点。若所指部分为很薄的零件或涂黑的剖面不便画圆点时,可在指引线末端画一箭头,并指向该部分的轮廓,如图 9.7 所示。

画指引线时,指引线不能相交。当通过有剖面线的区域时,指引线不应与剖面线平行。必要时指引线可画成折线,但只能曲折一次,如图 9.8 所示。

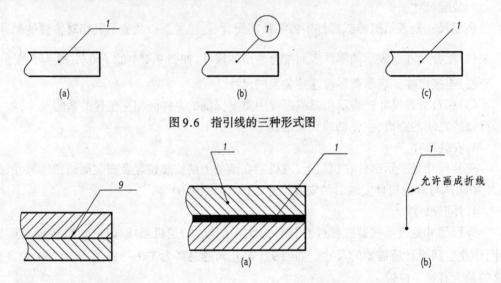

图 9.6　指引线的三种形式图

图 9.7　薄件指引线画法　　　　　图 9.8　特殊指引线的画法

一组紧固件以及装配关系清楚的零件组,可以采用公共指引线,如图 9.9 所示。

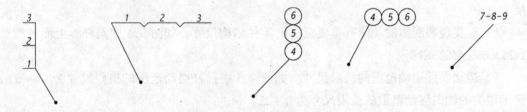

图 9.9　公共指引线编注形式

3. 序号数字的注写

在指引线的水平线(细实线)上或圆(细实线)内注写序号,其字体高度比装配图中所注尺寸数字高度大一号(见图 9.10(a)),或大两号(见图 9.10(b))。

在指引线附近注写序号,其字体高度比装配图中所注尺寸数字高度大两号,如图 9.10(c)所示。

4. 序号的排列方法

装配图中的序号可按顺时针或逆时针方向顺次排列,且在水平方向或垂直方向排列整齐,也可按明细栏(表)中的序号排列。

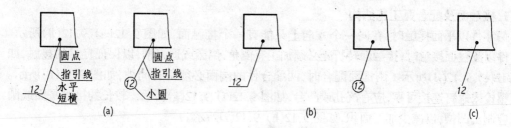

图 9.10 序号数字的注写

9.4.2 明细表的编制(GB/T 10609.2—1989)

明细栏是机器(或部件)中全部零、部件的详细目录,画在标题栏的上方。零件序号应自下向上填写,以便增加或漏编零件时,可以向上填加,如位置有限时,可将明细栏分段画在标题栏的左方。其格式和尺寸如图 9.11 所示。

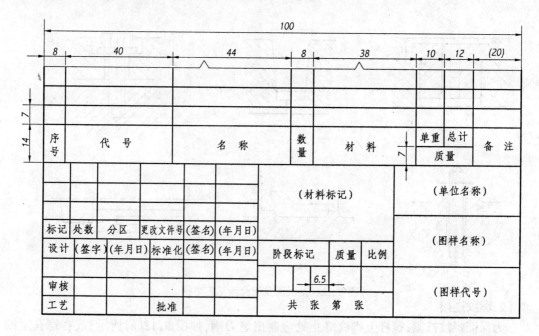

图 9.11 标题栏和明细栏

填写标准件时,应在"名称"栏内写出规定代号及公称尺寸,并在"备注"栏内写出国家标准代号,如图 9.1 所示明细栏中的零件 7、8 等。

"备注"栏内可填写常用件的重要参数,如齿轮的模数、齿形角及齿数,弹簧内外直径、弹簧丝直径、工作圈数和自由高度等。

9.5 装配工艺结构

为了保证机器或部件能顺利装配,画装配图时,需根据装配工艺的要求考虑部件结构的合理性。不合理的结构,将造成部件装拆困难,达不到设计要求。

1.接触面及配合面工艺结构

　　两零件以平面接触时,在同一个方向上只能有一个接触面,如图9.12(a)、9.12(b)所示。两零件以圆柱面接触时,接触面转折处必须加工有倒角、倒圆或退刀槽,以保证良好的接触,如图9.12(c)、9.12(d)所示。两锥面配合时,两配合件的端面必须留有间隙,如图9.12(e)所示。为使螺栓或螺钉连接可靠,应有沉孔或凸台,如图9.12(f)、9.12(g)所示。较长的接触平面或圆柱面应制出凹槽,以减少加工面积,如图9.12(h)、9.12(i)所示。

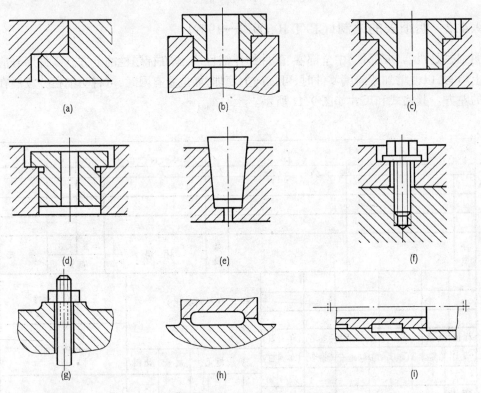

图9.12　接触面及配合面工艺结构

2.螺纹连接

　　为保证螺纹拧紧,螺杆上螺纹终止处应制出退刀槽,如图9.13(a)所示;或在螺孔上制出凹坑或倒角,如图9.13(b)、9.13(c)所示。螺纹的大径应小于定位柱面的直径,如图9.13(d)所示。螺钉头与沉孔之间的间隙应大于螺杆与螺孔之间的间隙,如图9.13(e)所示。

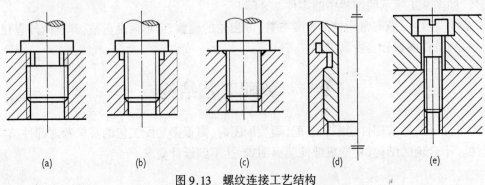

图9.13　螺纹连接工艺结构

3. 销连接

在条件允许时,销孔一般应制成通孔,以便拆装和加工,如图9.14所示。

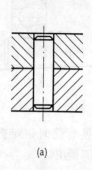
(a)

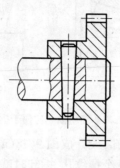
(b)

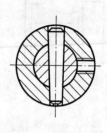

图9.14　销连接工艺结构

4. 其他

(1)设计时要考虑零件便于拆装,必要时要留出装拆空间,如图9.15所示。

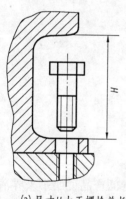
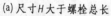
(a)尺寸H大于螺栓总长

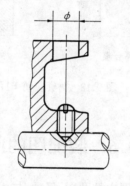
(b)制工具孔

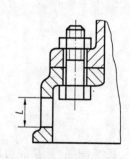
(c)制操作孔L

图9.15　装拆空间

(2)为了防止滚动轴承在运动中产生窜动,应将其内、外圈沿轴向顶紧,如图9.16所示。但要便于拆装,若设计成图9.17(a)、9.17(c)那样,将无法拆卸,若改成图9.17(b)、9.17(d)的形式,就很容易将轴承顶出。

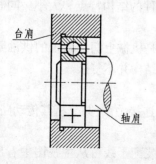
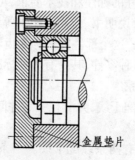
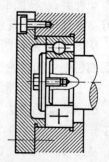

图9.16　滚动轴承的紧固

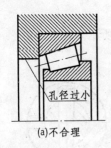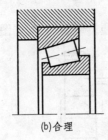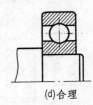

图 9.17　滚动轴承应便于拆装

(3)在零件上加衬套,应便于拆卸,设计成图 9.18(a)的形式,在更换套筒时很难拆卸。若改成图 9.16(b)那样在箱壁上钻几个螺纹孔,拆卸时就可用螺钉将套筒顶出。

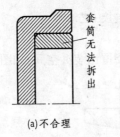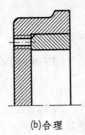

图 9.18　衬套应便于拆卸

9.6　装配图的阅读

　　读装配图,就是通过看装配图中的图形、尺寸、技术要求等,并参阅产品说明书来弄清机器或部件的性能、工作原理和装配关系,了解零件的结构和作用。工程技术人员必须具备熟练地识读装配图的能力。

　　现以齿轮油泵装配图为例,说明看装配图的一般方法与步骤(见图 9.19)。

　　1.概括了解

　　先看标题栏和明细栏,从标题栏中了解部件的名称和用途,从明细栏中可以了解零件的数量和种类;从视图的配置、尺寸的标注和技术要求,可知该部件的结构特点和大小。同时,还可参阅其他有关资料,如设计说明书、使用说明书等。

　　从图 9.19 的标题栏中可知,这个部件的名称为齿轮油泵,是机械上润滑系统的供油泵。从明细栏中可知齿轮油泵有 15 种零件,其中有 3 种标准件,其结构并不复杂。

　　2.了解工作原理和装配关系

　　根据装配图表达的主要装配干线,弄清相关零件间的装配连接关系,并分析其传动路线和工作原理。

　　从图 9.19 看出,齿轮油泵有两条装配干线。一条主要的装配干线可从主视图中看出,齿轮轴 2 的右端伸出泵体外,通过键 11 与传动件相接。齿轮轴在泵体孔中,其配合代号是 $\phi18H7/f7$,为间隙配合,故齿轮轴可在孔中转动。为防止漏油,采用填料密封装置,用压盖 6 压紧填料 4。下边的从动齿轮 10 装在小轴 9 上,其配合代号是 $\phi18H7/f7$,为间隙配合,故齿轮可在小轴上转动。小轴 9 装在泵体轴孔中,配合代号是 φ18H7/r7,为过盈配合,小轴 9 与泵体轴孔之间没有相对运动。从俯视图的局部剖视中看出,第二条装配干线是安装在泵盖上的安全装置,它是由钢球 12、弹簧 13、调节螺钉 14 和防护螺母 15 组成,该装配干线中的运动件是钢球 12 和弹簧 13。

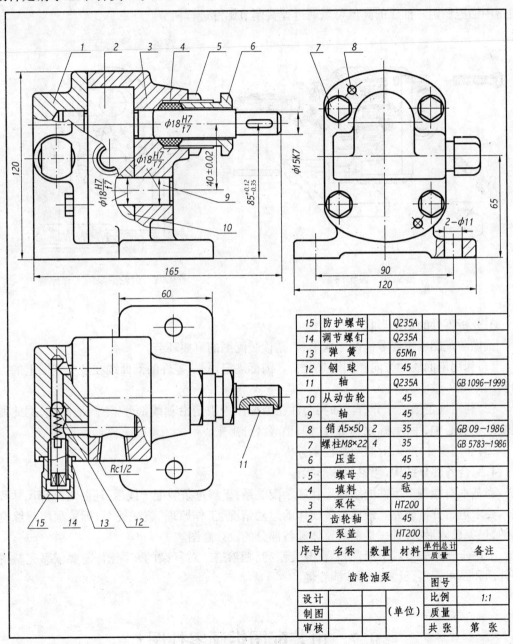

15	防护螺母		Q235A			
14	调节螺钉		Q235A			
13	弹　簧		65Mn			
12	钢　球		45			
11	轴		Q235A			GB 1096-1999
10	从动齿轮		45			
9	轴		45			
8	销 A5×50	2	35			GB 09-1986
7	螺柱M8×22	4	35			GB 5783-1986
6	压盖		45			
5	螺母		45			
4	填料		毡			
3	泵体		HT200			
2	齿轮轴		45			
1	泵盖		HT200			
序号	名称	数量	材料	单件	总计 质量	备注
	齿轮油泵			图号		
设计				比例		1:1
制图			(单位)	质量		
审核				共张		第张

图 9.19　齿轮油泵装配图

通过以上装配关系的分析,可以描绘出齿轮油泵的工作原理,如图 9.20、图 9.21 所示。在泵体内装有一对啮合的直齿圆柱齿轮,上边是连轴齿轮,轴端伸出泵体外;下边是从动轮,装在小轴上。泵体两侧各有一个带锥螺纹的通孔,一边为进油孔,一边为出油孔。当齿轮轴带动从动齿轮转动时,齿轮右边形成真空,油在大气压力的作用下进入油管,填满齿槽,然后被带到出油孔处,把油压入出油管。泵盖上的装配干线是一套安全装置。当出油孔处油压过高时,油就沿着油道进入泵盖,顶开钢球,再沿通向进油孔的油道回到进油孔处,从而保持油路中油压稳定。油压的高低可以通过弹簧调节螺钉进行调节。

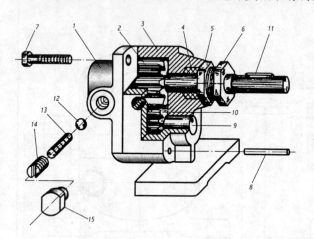

图 9.20 齿轮油泵

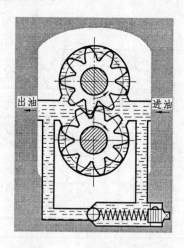

图 9.21 齿轮油泵的工作原理

3.分析零件的结构形状

读懂装配图中主要零件的结构形状,是读装配图的重要环节。

(1)利用剖面线的方向和间距来分析。国标规定,同一零件的剖面线在各个视图上的方向和间距应一致。

(2)利用规定画法来分析。如实心件在装配图中规定沿轴线剖开,不画剖面线,据此能很快地将实心轴、手柄、螺纹连接件、键、销等区分出来。

(3)利用零件序号,对照明细栏来分析。

4.综合各部分结构,想象总体形状

当基本看懂每个零件的结构形状和装配关系,了解每条装配干线后,还要对全部尺寸和技术要求进行分析研究。最后对装配体的运动情况、工作原理、装配关系、拆装顺序等综合归纳,想象总体形状,进一步了解整体和各部分的设计意图。

上述步骤并非一成不变,而是重叠交错、互相渗透。对复杂的装配图,还要依靠完整的零件图和技术资料,反复分析才能看懂。

9.7 由装配图拆画零件图

由装配图拆画零件图,称为拆图。拆图是设计过程中主要的工作之一,但必须在读懂装配图的基础上才能进行。拆图的方法和步骤是:①分离零件,确定零件结构;②画零件图。

1.分离零件,确定零件结构

(1)分离零件的原则

①按照编号及明细表来分离零件。凡是有一个编号,就代表一种零件。

②按照剖面符号来分离零件。凡是剖面符号不同,就代表不同的零件。

③对线条,找投影,确定零件的结构形状。

拆图时,应将上述原则结合起来,灵活运用。

(2)确定零件的未定结构

在装配图中,由于零件的某些设计结构未表达完全,有些工艺结构简化画出或省略未画。所以,零件的某些结构形状在装配图中未定,拆图时应通过结构设计予以确定。

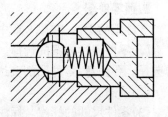

①装配图中未表达完全的零件结构,一般可根据其功能和工艺性来确定。如图 9.22 所示,弹簧压盖头部的形状在图中未表达清楚,因此在拆图时要确定其结构形状。由于弹簧压盖要借助于螺纹旋合来实现轴向移动以调节弹簧压力,

图 9.22　弹簧压盖的作用

为了旋转弹簧压盖,可将其头部做成图 9.23 所示的形状之一,以便使用搬手或徒手调节。

 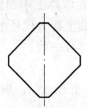  

图 9.23　弹簧压盖头部形状

②未定的工艺结构,如倒角、倒圆、退刀槽,越程槽,键槽、中心孔等,画零件图时可根据其工艺要求来确定,这些结构的形式和尺寸可从有关标准中查到。如图 9.24 所示,轴齿轮的工艺结构在装配图中均省略未画,而在零件图中则应表达出越程槽、倒角和中心孔。

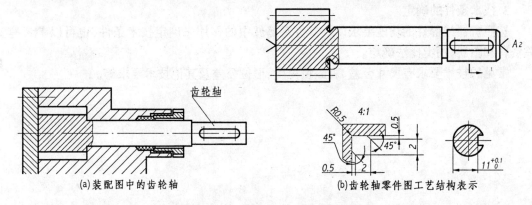

(a)装配图中的齿轮轴　　　　　　(b)齿轮轴零件图工艺结构表示

图 9.24　装配图中未定的工艺结构

③铆合件在装配图中是按铆合情况画出的,画零件图时应按铆合前的结构形状画出。

④焊接件在装配图中可作为一个整体画出,如图 9.25(a)所示。在画零件图时必须区分出被焊接部分的形体,画成单独的零件图,如图 9.25(b)所示。

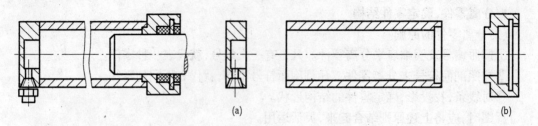

图 9.25　焊接件零件结构的确定

2.画零件图

零件图的画法,在第 8 章中已作了详细介绍,其画图步骤如下。

(1)零件表达方案的选择。零件表达方案的选择主要包括主视图、视图数目和表达方法的选择。要注意,零件图的表达方案与装配图中该零件的表达不一定相同。

(2)画图。

(3)零件尺寸的标注。标注零件尺寸时,首先要选择基准,按照设计和工艺要求完全、清晰、合理地标注全部尺寸。由于装配图上只标注了几类装配图要求的尺寸,各零件的尺寸基本未注出,因此标注尺寸时要注意以下几点。

①在装配图上和明细表内已经注明的尺寸,应在零件图中相应注出。两零件配合面的基本尺寸应一致,公差带代号或极限偏差应与装配图上配合代号中的公差带代号一致,螺纹旋合部分的基本要素要一致,两零件连接的定位尺寸应一致。

②装配图中未注尺寸的确定。

a.凡属工艺结构的尺寸,如倒角、倒圆、退刀槽、沉孔、螺孔、键槽等,可查阅有关标准的尺寸数值进行标注。

b.齿轮、链轮、蜗杆、蜗轮、弹簧等的标准结构要素的尺寸,应按装配图上给定的参数进行计算后标出。

c.其他尺寸可根据装配图的绘图比例,直接在装配图上量取标注。带小数的尺寸,一般可取为整数。

3.技术条件的确定

按照机器或部件的功能要求以及零件在部件中的作用来确定技术条件,也可以参考有关资料和图册,用类比法确定。

常见的技术要求有尺寸公差、表面粗糙度、形位公差及其他技术要求等。

第 10 章 计算机绘图的基本知识

10.1 计算机绘图的优势

计算机辅助设计(CAD)具有高效益、知识密集、更新快等特点,已在机械、电子、航空、航天、轻工、化工、纺织等许多行业普遍应用。它的发展和应用水平,已成为衡量一个国家科技和工业现代化水平的重要标志之一。

与手工绘图相比,计算机绘图具有如下优点。

(1)绘图速度快、精度高。

(2)图形修改容易、便利、快捷。

(3)图形的保存容易、管理简便、携带方便。

(4)设计工作的规范化、标准化及系列化程度高。

10.2 绘图软件——AutoCAD 2005 简介

AutoCAD 是由美国 Autodesk 公司开发的一个具有代表性的二、三维交互图形软件,由于该软件具有简单易学、绘图精确、体系结构开放等优点,因此自从 20 世纪 80 年代推出以来一直受到广大工程设计人员的青睐,被广泛应用于机械、建筑、电子、航天等领域。

10.2.1 AutoCAD 2005 的工作界面

中文版 AutoCAD 2005 启动后的工作界面如图 10.1 所示,其典型工作界面由标题栏、菜单栏、工具栏、绘图区域、十字光标、坐标系图标、状态栏、文本窗口与命令行和选项板窗口等部分组成。

1. 标题栏

标题栏位于应用程序主窗口顶部,显示当前应用程序名称及当前所装入的文件名。标题栏的右上侧为最小化、最大化、还原和关闭按钮。用户可以用鼠标拖动标题栏移动窗口的位置。

2. 菜单栏

用鼠标左键点击下拉菜单标题时,会在标题下出现菜单项列表。要选择某个菜单项,先将光标移到该菜单项上,使它加亮显示,然后用左键点取它。菜单项后面有"..."符号的,表示选中该菜单项时将会引出一个对话框。菜单项右边有一黑色小三角符号的,表示该菜单项有一个级联子菜单,把光标放在该菜单项上,然后单击左键就可以引出级联菜单。

3. 工具栏

工具栏中包含许多由图标表示的工具。单击这些图标按钮就可激活相应的 AutoCAD 命令。用户可以在屏幕上同时显示多个工具栏,改变其内容,重新设定其大小,使它们锁定或浮动。

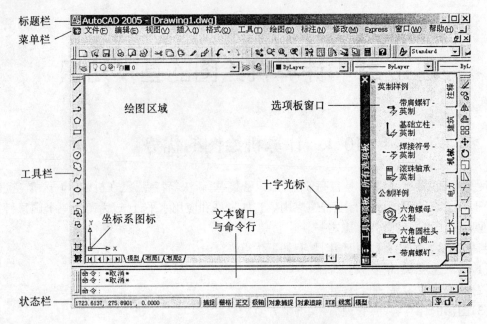

图 10.1　AutoCAD 2005 中文版工作界面

4. 绘图区域

绘图区域是设计、绘制、显示、编辑对象的区域。AutoCAD 将在此窗口中显示表示当前工作点的光标,当移动鼠标时,光标将"跟随"鼠标移动。光标在不同的状态下,将分别显示为十字、拾取框、虚线框和箭头等样式。当 AutoCAD 提示选择一个点时,光标变为十字形。当需要在屏幕上拾取一个对象时,光标变为一个小的拾取框。在图形窗口底部有 model 标签和 layout 标签,通过这些标签,用户可以非常方便、快捷地在模型空间和图纸空间之间切换图形。通常,用户应该在模型空间中进行设计,在图纸空间中创建布局以输出图形。

5. 命令窗口

命令窗口位于绘图窗口的底部,在默认情况下分为命令历史窗口和命令行。命令历史窗口中显示执行过的命令;命令行用于接收用户输入的命令,并显示 AutoCAD 的提示信息。当命令行显示"命令:"时,标志着 AutoCAD 准备接收命令。当用户输入一个命令或从菜单、工具栏选择一个命令后,提示区将提示用户要进行操作,直到命令完成或被中止。在 Auto-CAD 中终止一个命令的方式有以下 4 种。

(1)正常完成。

(2)在完成之前按 Esc 键。

(3)从菜单或工具栏中调用别的命令,AutoCAD 将自动终止当前正在执行的命令。

(4)从当前命令的快捷菜单中选择"取消"选项。

6.状态栏

状态栏位于屏幕的底部,显示光标当前所处位置的坐标值以及各种模式等重要信息。左边显示当前光标的坐标,右边有 8 个按钮用于显示和控制捕捉(SNAP)、栅格(GRID)、正交(ORTHO)、极轴(PO – LAR)、对象捕捉(OSNAP)、对象追踪(OTRACK)、线型(LWT)、模型(MODEL)。用鼠标单击任一按钮均可切换当前的工作状态(凹下为开)。

10.2.2　对图形文件的操作

用 AutoCAD 绘制的图形以图形文件的形式保存。对图形文件的操作包括创建一张新图、打开已有的图形文件以及把当前绘制的图形存储为文件。

1. 创建一张新图

①在"命令:"提示下,输入 new,然后按回车键。
②在"标准"工具栏中,单击"新建"图标。
③从"文件"下拉菜单中,选择"新建"选项。
④按快捷键 Ctrl + N。

2. 打开现有图形

①在"命令:"提示下,输入 open,然后按回车键。
②在"标准"工具栏中,单击"打开"图标。
③从"文件"下拉菜单中,选择"打开"选项。
④按快捷键 Ctrl + O。

3. 保存图形

与使用其他 Windows 应用程序一样,保存图形文件以便日后使用。AutoCAD 还提供自动保存、备份文件和其他保存选项。存储 AutoCAD 图形文件的扩展名为 .dwg。绘制图形时应该经常保存文件。如果要创建图形的新版本而不影响原图形,则可以用一个新名称保存它。

保存图形的步骤为:从"文件"菜单中选择"保存"选项,如果当前图形已经保存并命名,则 AutoCAD 保存上一次保存后所作的修改并重新显示命令提示。如果是第一次保存图形,则显示"图形另存为"对话框;在"图形另存为"对话框中的"文件名"下,输入新建图形的名字(不需要文件后缀),并选择正确的路径,选择"保存",存储文件。

10.2.3　点的输入方式

在 AutoCAD 2005 中点的输入有以下两种方式。

(1)用定点设备(如鼠标)在屏幕上确定点。

(2)通过键盘输入点的坐标。通过键盘输入点的坐标时可以使用下面几种方式。

①直角坐标。分为绝对坐标和相对坐标。绝对坐标以坐标原点为基点,形式为(x, y, z),如图 10.2 中 A 点的坐标为 $A(10, 20)$。相对坐标以某一特定点(前一点)为基点,形式为$(@x, y, z)$,如图 10.2 中 B 点相对于 A 点的坐标为 $B(@10, -10)$。

②极坐标。分为绝对极坐标和相对极坐标。绝对极坐标以原点为极点,到原点的距离为极径,表示方法为$(\rho < \alpha)$,如图 10.3 中 A 点的绝对极坐标为 $A(30 < 60)$。相对极坐标以某一定点(前一点)为极点,表示方法为$(@\rho < \alpha)$,如图 10.3 中 B 点相对于 A 点的极坐标为 $B(@20 < 300)$。

③利用极轴和对象追踪来指定方向,然后在该方向上给定距离来确定点。

④利用目标捕捉功能来找到一些特殊点(如圆的圆心、切点等)。

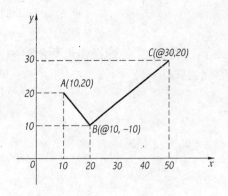

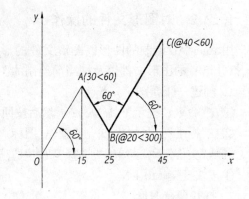

图 10.2　直角坐标表示　　　　　　　　　图 10.3　极坐标表示

10.3　AutoCAD 2005 绘图基本操作

10.3.1　AutoCAD 2005 基本绘图命令

AutoCAD 2005 提供了丰富的绘图命令,常用的绘图命令有直线、构造线、圆、圆弧、椭圆、正多边形、矩形等,利用这些命令可以绘制出各种基本图形对象。在 AutoCAD 2005 中,绘图命令基本上可以通过下列 3 种方式来激活(个别命令例外)。

(1)通过选取 Draw 工具栏中的相应工具图标,如图 10.4 所示。

(2)通过选取 Draw 下拉菜单中相应的子菜单项,如图 10.5 所示。

(3)在命令行键入相应的命令名称并执行。

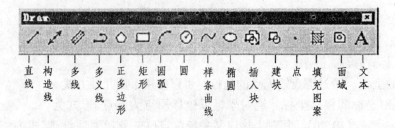

图 10.4　Draw 工具栏的图标

1.直线

直线是图形中最常见、最简单的几何元素。在 AutoCAD 2005 中绘制直线的命令是 Line。直线对象可以是一条线段,也可以是一系列相连的线段,但每条线段都是独立的直线对象。用户通过执行该命令可以绘制一条或连续多条直线。

启动 Line 命令的方法有如下几种。

①键盘输入 line 或 l。

②"绘图"菜单在"绘图"子菜单中单击"直线"选项。

图 10.5　Draw 的子菜单项

③"绘图"工具栏在"绘图"工具栏上单击"直线"图标

输入命令后,AutoCAD 2005 将显示提示:

①指定第一点。

②指定下一点或[放弃(U)]。

③指定下一点或[放弃(U)]。

2. 矩形

利用 AutoCAD 2005 提供的 Rectang 命令可以绘制矩形。使用该命令绘制矩形十分简单,只需指定两个对角点。

启动 Rectang 命令的方法有如下几种。

①键盘输入 Rectang 或 Rectangle。

②"绘图"菜单:在"绘图"菜单中单击"矩形"子菜单。

③"绘图"工具栏:在"绘图"工具栏上单击"矩形"图标。

输入命令后,AutoCAD 2005 将提示:

①指定第一个角点或[倒角(C)/标高(E)/圆角(F)/厚度(T)/宽度(W)]。

②指定另一个角点或[尺寸(D)]。

注意:AutoCAD 2005 把用 Rectang 绘制出的矩形当作一个实体,其四条边不能分别编辑。

3.圆

圆是图形中一种常见的几何元素,可以表示柱、轴、孔等。在 AutoCAD 2005 中,可以用如下几种方法输入 Circle 命令。

①【圆心、半径】。

②【圆心、直径】。

③【两点】。

④【三点】。

⑤【切点、切点、半径】。

⑥【切点、切点、切点】。

单击相应的菜单项或工具条按钮或输入"circle"命令后回车,根据提示进行绘图。

4.椭圆

命令:Ellipse

功能:绘椭圆或椭圆弧。

操作:绘制椭圆有如下几种方式。

①根据椭圆某轴上的两个端点的位置以及另一轴的半轴长绘制椭圆。

②根据椭圆一根轴上的两个端点的位置以及一定转角绘制椭圆。

③根据椭圆的中心坐标、一根轴的一个端点的位置以及另一轴的半轴长绘制椭圆。

④根据椭圆的中心坐标、一根轴上的一个端点位置以及一定转角绘制椭圆。

绘制椭圆弧,可利用菜单中的相应选项绘制。单击相应的菜单工具条按钮或输入"ellipse"命令后回车,根据提示绘制椭圆或椭圆弧。

5. 点

命令:point

功能:在指定位置绘制点。

操作:利用菜单可以按以下几种方式绘制点。

①绘制单点。

②绘制多点。

③绘制定数等分点。

④绘制定距等分点。

可以利用"格式"菜单中的"点样式"设置点的显示形式及大小。单击相应的菜单项或工具条或输入"point"命令后回车,根据提示绘制点。

10.3.2　AutoCAD 2005 基本编辑命令

AutoCAD 2005 的基本编辑命令有删除对象、复制对象、镜像、等距线、阵列、移动对象、旋转对象、修剪对象,如果熟练地使用编辑工具将大大地提高作图效率。通常可以使用 Auto-CAD 2005 所提供的编辑工具栏进行图形的编辑,如图 10.6 所示。

图 10.6　编辑工具栏

1.删除对象

删除对象可以选择以下方式进行。

命令:Erase

功能:删除指定的对象。

操作:输入命令后选取要删除的对象即可,若恢复删除,可用 Undo 命令。

命令:Erase

选择对象:(选择要移动的对象)

选择对象:(也可以继续选择要移动的对象)

按提示选择要删除的对象后,按回车键,即可将这些对象删除。

2.复制对象

复制对象可以选择以下方式进行。

命令:Copy

功能:将指定对象复制到指定位置。

操作:输入命令后,根据提示选择对象,命令行出现提示,即

命令:Copy

选择对象:找到 1 个

选择对象:

指定基点或位移:

3.偏移对象

命令:Offset

功能:偏移对象是在距现有的对象指定的距离处创建新的实体,即创建一个与选定对象类似的实体。可以等距的实体有直线、圆弧、圆、二维多义线、椭圆、椭圆弧、构造线和平面样条曲线等。

操作:输入命令后,根据提示指定偏移距离,再选择实体,然后指定偏移所在的一侧(或指定生成等距线的实体要通过的点)。

4.旋转对象

命令:Rotate

功能:将所选对象绕指定点(称为旋转基点)旋转指定的角度。

操作:输入命令后,根据提示选择要旋转的对象及输入旋转基点,再根据提示输入旋转角度。

命令:Rotate

UCS 当前的正角方向:ANGDIR = 逆时针 ANGBASE = 0

选择对象:找到 1 个(选择要旋转的对象)

选择对象:(也可以继续选择要旋转的对象)

指定基点:(确定旋转基点)

指定旋转角度或[参照(R)]:90(输入旋转角度)

5.取消

在绘图过程中,难免有绘制错的地方,为了要放弃上步绘图或编辑命令的操作,可以使用 Undo 命令。

可以通过如下几种方法输入 Undo 命令:

①键盘输入 undo 或 u。

②"编辑"菜单:在"编辑"菜单上单击"放弃"子选项。

③"标准"工具栏:在"标准"工具栏上单击 Undo 图标。

④按快捷键 Ctrl + Z。

AutoCAD 2005 的 Undo 命令具有以下强大的功能。

①Undo 可以无限制地逐级取消多个操作步骤,直到返回当前图形的开始状态。

②Undo 不受存储图形的影响。用户可以保存图形,而 Undo 命令仍然有效。

③Undo 适用于几乎所有的命令。Undo 命令不仅可以取消用户绘图操作,而且还能取消模式设置、图层的创建以及其他操作。

④Undo 提供几个用于管理命令组或同时删除几个命令的不同选项,但对于系统设置,如用 Config 所配置的 AutoCAD 2005 选项、New 或 Open 所建立或捕捉的图形等无效。

10.4　视图的显示控制命令

在绘图过程中,常常需要把图形以任何比例放大或缩小,或需要在视口中重点显示图形的某一部位,以便更清晰、更容易地读图或编辑图样。AutoCAD 2005 显示控制功能在工程设计和绘图领域的应用极其广泛。它可以控制图形在屏幕上的显示方式,即放大和缩小某一个区域,但是实体对象的真实尺寸并不改变。灵活掌握和使用这些命令,对于提高绘图效率和绘图质量都是非常必要的。

10.4.1　视图的缩放

在绘图过程中,为了方便地进行对象捕捉,准确地绘制图形,常常需要将当前视图放大或缩小以及局部放大,但不改变对象的实际大小,这些就是 AutoCAD 2005 中 Zoom 命令的功能。该命令可以放大或缩小屏幕中图形的视图,但并不改变对象的实际大小。在这个意义上，Zoom 命令的功能与照相机中的变焦镜头有点相似。当放大图形一部分的显示尺寸时，可以更清楚地查看这个区域。

启动 Zoom 命令的方法有如下几种。

①键盘输入 zoom 或 z。

②"视图"菜单：在"视图"菜单上单击"缩放"子菜单

③"缩放"工具栏：在"缩放"工具栏上单击"缩放"图标。

10.4.2　视图的平移

平移视图命令不改变显示窗口的大小、图形中对象的相对位置和比例，只是重新定位图形的位置。就像一张图纸放在面前，你可以来回移动图样，把要观察的部分移到眼前一样，使图中的特定部分位于当前的视区中，以便查看图形的不同部分。用户除了可以左、右、上、下平移视图外，还可以使用"实时"平移和"定点"平移两种模式。

1.实时平移

菜单命令：视图→平移→实时

工具栏："标准"工具栏"实时平移"按钮

命令行：PAN

启动实时平移命令后，光标变为手形光标。按住鼠标上的拾取键，可以锁定光标于相对视口坐标系的当前位置，图形显示随光标向同一方向移动。当显示到所需要的部位时，释放拾取键则平移停止，用户可根据需要调整鼠标，以便继续平移图形，当到达逻辑范围(图纸空间的边缘)时，在此边缘处的手形光标上将显示边界栏，即逻辑范围处于图形顶部、底部还是两侧，相应地显示出水平(顶部或底部)或垂直(左侧或右侧)边界栏。任何时候要停止平移就按[Esc]键或[Enter]键结束操作。

2.定点平移

菜单命令：视图→平移→定点

该模式可通过指定基点和位移值来移动视图。按命令行上的提示，给定两个点的坐标或在屏幕上拾取两个点，AutoCAD 2005 可以计算出这两个点之间的距离和移动方向，相应地把图形移到指定的位置。如果以回车响应第二个点，则系统认为是相对于坐标原点的位移，命令行提示：

命令：'-pan 指定基点或位移：

指定第二点：

10.5　尺寸标注与文字说明

1.尺寸标注

在"标注"下拉菜单中点击所需的尺寸标注，或在尺寸标注工具栏(见图 10.7)中点击所需的尺寸标注。

图 10.7　尺寸标注工具栏

①线性尺寸标注(DIMLINEAR)：标注→线性(水平尺寸、竖直尺寸、倾斜尺寸)。

②直径尺寸(DIMDIAMETER)：标注→直径。

③半径尺寸(DIMRADIUS)：标注→半径。

④角度尺寸(DIMANGULAR)：标注→角度。

⑤标注样式(DIMSTYLE)：标注→样式。

尽管标注在类型和外观上多种多样，但绝大多数的标注都包括标注文字、尺寸线、尺寸界线和箭头。通过下拉式菜单"格式"|"标注样式…"打开"标注样式管理器"对话框，如图10.8所示，利用此对话框可以对尺寸标注样式进行设置。

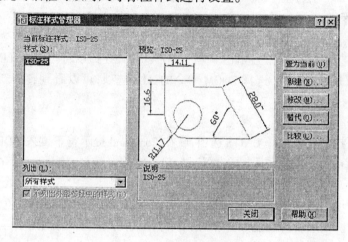

图 10.8　"标注样式管理器"对话框

2.文字样式(STYIE)

文字样式定义了文本所用的字体、字高、亮度比例、倾斜角度等文字特征。

菜单命令：格式→文字样式

工具栏："样式"工具栏"文字样式"按钮

命令行：DDSTYLE/STYLE

打开"文字样式"对话框，如图10.9所示。利用该对话框修改或创建文字样式，并设置文字的当前样式。系统默认类型为 STANDARD，使用基本字体，字体文件为 txt.shx。

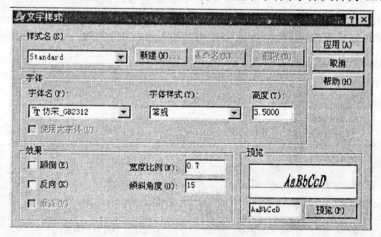

图 10.9　文字样式

10.6　绘图环境设置

1.坐标系

坐标系是确定一个对象位置的基本手段。AutoCAD 2005 的坐标系与传统的笛卡尔坐标系相一致,x 轴为水平轴,向右为正;y 轴为竖直轴,向上为正;z 轴方向垂直于 xy 平面,指向用户为正方向。此坐标系定义为世界坐标系,缩写为 WCS。

当 AutoCAD 2005 提示输入点时,可以根据需要采用绝对直角坐标、相对直角坐标、极坐标、相对极坐标等。

2.设置图纸幅面(LIMITS)

从 Format 下拉菜单中选择 LIMITS 选项,或在 Command 提示符下键入 LIMITS 并按 Enter 键,都可以激活 LIMITS 命令。选择 ZOOM 命令的 ALL 选项,可以看到整个新设置的图形界限。

3.设置绘图单位

从 Format 下拉菜单中选择 UNITS 选项,或在 Command 提示符下键入 DDUNITS 命令并按 Enter 键,都可以激活同一对话框进行设置。

4.设置图层

用户可以利用图层来组织自己的图形或利用图层的特性如不同的颜色、线型和线宽来区分不同的对象。图层管理功能如打开/关闭、冻结/解冻、加锁/解锁图层等,可使用户方便地组织图形。

(1)图层名称。图层由图层名来标示,AutoCAD 2005 支持长达 255 个字符的图层名称。图层名中可以含有字母、数字及特殊符号,但不能有空格。

(2)图层的颜色。每一个图层都应具有一定的颜色,不同的图层可以设置相同的颜色。图层的颜色用颜色号(ACI)来表示,颜色号为 1~255 的整数。AutoCAD 2005 将前 7 个颜色号设为标准颜色,分别为 1(红色 Red)、2(黄色 Yellow)、3(绿色 Green)、4(青色 Cyan)、5(蓝色 Blue)、6(洋红 Magenta)、7(黑/白 Black/WhIte)。

(3)图层的线型。图层的线型是指在图层中绘图时所用的线型,每一层都应有一个相应的线型。不同的图层可以设置为不同的线型,也可以设置为相同的线型。AutoCAD 2005 为用户提供了标准的线型库,用户可以从中选择线型,常用的线型有 Continuous(连续线)、Center(点画线)、Hidden(虚线)等。

(4)LAYER 命令。在 AutoCAD 2005 中,可用 LAYER 命令设置和控制图层。激活 LAYER 命令后,将显示 Layer Properties Manager 对话框。

5.捕捉和栅格

(1)设置捕捉

捕捉用于设定光标移动间距。在 AutoCAD 中,可通过选择 Tools/Drafting settings 菜单,执行 SNAP 命令设置捕捉参数,或单击状态条上的 SNAP 打开及关闭捕捉。

(2)对象捕捉

AutoCAD 2005 为用户提供了众多对象捕捉方式,如图 10.10 所示。

（3）显示栅格

显示栅格主要用于显示一些标定位置小点，以便于定位对象。在 AutoCAD 2005 中，可通过选择 Tools/Drafting settings 菜单或执行 DSETYINGS 命令设置栅格显示和捕捉间距等。还可以通过双击状态条 GRID 按钮、按 F7 键来打开及关闭栅格显示，或执行 GRID 命令设置栅格显示。

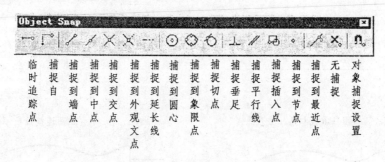

临时追踪点　捕捉自　捕捉到端点　捕捉到中点　捕捉到交点　捕捉到外观文点　捕捉到延长线　捕捉到圆心　捕捉到象限点　捕捉切点　捕捉垂足　捕捉平行线　捕捉插入点　捕捉到节点　捕捉到最近点　无捕捉　对象捕捉设置

图 10.10　捕捉工具栏

10.7　用 AutoCAD 2005 绘制平面图

用 AutoCAD 2005 绘制如图 10.11 所示的手柄平面图。

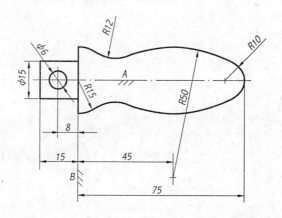

图 10.11　手柄平面图

绘图步骤如下：

（1）画作图基准线和已知线段，如图 10.12(a)所示。

①用直线命令，细点画线画出水平轴线。

②用直线命令，粗实线画出已知直线段。

③用圆命令，粗实线画出 $\phi6$ 的圆。

④用圆弧命令，粗实线画出半径 $R10$、$R15$ 的圆弧。

（2）确定连接弧心，画连接线段，如图 10.12(b)所示。

①用圆弧命令及圆弧连接关系确定弧心 $O1$、$O2$。

②用圆弧命令画出连接弧 $R15$、$R12$。

（3）用修剪和删除命令清除多余图线，如图 10.12(c)所示。

(4)在线型、线宽控制中确定各种图线。

(5)用镜像命令完成手柄平面图,如图 10.12(d)所示。

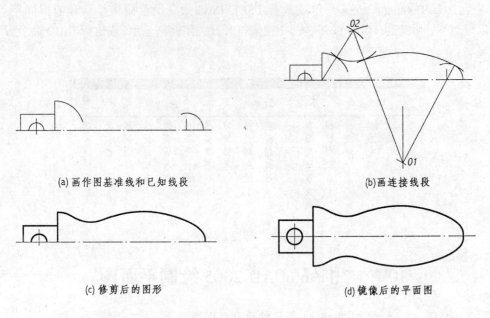

(a) 画作图基准线和已知线段　　　　　　　　　(b)画连接线段

(c) 修剪后的图形　　　　　　　　　　　　　(d) 镜像后的平面图

图 10.12　手柄平面图形的作图步骤

附　　录

附录 1　公差与配合

附表 1.1　标准公差数值(摘自 GB/T 1800.4—1999)

基本尺寸 /mm		标准公差等级																	
大于	至	IT1	IT2	IT3	IT4	IT5	IT6	IT7	IT8	IT9	IT10	IT11	IT12	IT13	IT14	IT15	IT16	IT17	IT18
		/μm											/mm						
	3	0.8	1.2	2	3	4	6	10	14	25	40	60	0.1	0.14	0.25	0.4	0.6	1	1.4
3	6	1	1.5	2.5	4	5	8	12	18	30	48	75	0.12	0.18	0.3	0.48	0.75	1.2	1.8
6	10	1	1.5	2.5	4	6	9	15	22	36	58	90	0.15	0.22	0.36	0.58	0.9	1.5	2.2
10	18	1.2	2	3	5	8	11	18	27	43	70	110	0.18	0.27	0.43	0.7	1.1	1.8	2.7
18	30	1.5	2.5	4	6	9	13	21	33	52	84	130	0.21	0.33	0.52	0.84	1.3	2.1	3.3
30	50	1.5	2.5	4	7	11	16	25	39	62	100	160	0.25	0.39	0.62	1	1.6	2.5	3.9
50	80	2	3	5	8	13	19	30	46	74	120	190	0.3	0.46	0.74	1.2	1.9	3	4.6
80	120	2.5	4	6	10	15	22	35	54	87	140	220	0.35	0.54	0.87	1.4	2.2	3.5	5.4
120	180	3.5	5	8	12	18	25	40	63	100	160	250	0.4	0.63	1	1.6	2.5	4	6.3
180	250	4.5	7	10	14	20	29	46	72	115	185	290	0.46	0.72	1.15	1.85	2.9	4.6	7.2
250	315	6	8	12	16	23	32	52	81	130	210	320	0.52	0.81	1.3	2.1	3.2	5.2	8.1
315	400	7	9	13	18	25	36	57	89	140	230	360	0.57	0.89	1.4	2.3	3.6	5.7	8.9
400	500	8	10	15	20	27	40	63	97	155	250	400	0.63	0.97	1.55	2.5	4	6.3	9.7
500	630	9	11	16	22	32	44	70	110	175	280	440	0.7	1.1	1.75	2.8	4.4	7	11
630	800	10	13	18	25	36	50	80	125	200	320	500	0.8	1.25	2	3.2	5	8	12.5
800	1 000	11	15	21	28	40	56	90	140	230	360	560	0.9	1.4	2.3	3.6	5.6	9	14
1 000	1 250	13	18	24	33	47	66	105	165	260	420	660	1.05	1.65	2.6	4.2	6.6	10.5	16.5
1 250	1 600	15	21	29	39	55	78	125	195	310	500	780	1.25	1.95	3.1	5	7.8	12.5	19.5
1 600	2 000	18	25	35	46	65	92	150	230	370	600	920	1.5	2.3	3.7	6	9.2	15	23
2 000	2 500	22	30	41	55	78	110	175	280	440	700	1 100	1.75	2.8	4.4	7	11	17.5	28
2 500	3 150	26	36	50	68	96	135	210	330	540	860	1 350	2.1	3.3	5.4	8.6	13.5	21	33

注:①基本尺寸大于 500 mm 的 IT1 至 IT5 的标准公差数值为试行的。

②基本尺寸小于或等于 1 mm 时,无 IT14 至 IT18。

附表 1.2　轴的基本偏差数值（摘自 GB/T 1800.3—1998）

上偏差（es）：a、b、c、cd、d、e、ef、f、fg、g、h、js（所有等级）；下偏差（ei）：m、n、p、r、s、t、u、v、x、y、z、za、zb、zc（所有等级）。js 栏：偏差 = ±IT/2。

基本尺寸/mm	a⁻	b⁻	c	cd	d	e	ef	f	fg	g	h	j 5,6	j 7	j 8	k ≤3	k 4~7	k >7	m	n	p	r	s	t	u	v	x	y	z	za	zb	zc
≤3	-270	-140	-60	-34	-20	-14	-10	-6	-4	-2	0	-2	-4	-6	0	0	0	+2	+4	+6	+10	+14		+18		+20		+26	+32	+40	+60
3~6	-270	-140	-70	-46	-30	-20	-14	-10	-6	-4	0	-2	-4		0	+1	0	+4	+8	+12	+15	+19		+23		+28		+35	+42	+50	+80
6~10	-280	-150	-80	-56	-40	-25	-18	-13	-8	-5	0	-2	-5		0	+1	0	+6	+10	+15	+19	+23		+28		+34		+42	+52	+67	+97
10~14	-290	-150	-95		-50	-32		-16		-6	0	-3	-6		0	+1	0	+7	+12	+18	+23	+28		+33		+40		+50	+64	+90	+130
14~18	-290	-150	-95		-50	-32		-16		-6	0	-3	-6		0	+1	0	+7	+12	+18	+23	+28		+33	+39	+45		+60	+77	+108	+150
18~24	-300	-160	-110		-65	-40		-20		-7	0	-4	-8		0	+2	0	+8	+15	+22	+28	+35		+41	+47	+54	+63	+73	+98	+136	+188
24~30	-300	-160	-110		-65	-40		-20		-7	0	-4	-8		0	+2	0	+8	+15	+22	+28	+35	+41	+48	+55	+64	+75	+88	+118	+160	+218
30~40	-310	-170	-120		-80	-50		-25		-9	0	-5	-10		0	+2	0	+9	+17	+26	+34	+43	+48	+60	+68	+80	+94	+112	+148	+200	+274
40~50	-320	-180	-130		-80	-50		-25		-9	0	-5	-10		0	+2	0	+9	+17	+26	+34	+43	+54	+70	+81	+97	+114	+136	+180	+242	+325
50~65	-340	-190	-140		-100	-60		-30		-10	0	-7	-12		0	+2	0	+11	+20	+32	+41	+53	+66	+87	+102	+122	+144	+172	+226	+300	+405
65~80	-360	-200	-150		-100	-60		-30		-10	0	-7	-12		0	+2	0	+11	+20	+32	+43	+59	+75	+102	+120	+146	+174	+210	+274	+360	+480
80~100	-380	-220	-170		-120	-72		-36		-12	0	-9	-15		0	+3	0	+13	+23	+37	+51	+71	+91	+124	+146	+178	+214	+258	+335	+445	+585
100~120	-410	-240	-180		-120	-72		-36		-12	0	-9	-15		0	+3	0	+13	+23	+37	+54	+79	+104	+144	+172	+210	+254	+310	+400	+525	+690
120~140	-460	-260	-200		-145	-85		-43		-14	0	-11	-18		0	+3	0	+15	+27	+43	+63	+92	+122	+170	+202	+248	+300	+365	+470	+620	+800
140~160	-520	-280	-210		-145	-85		-43		-14	0	-11	-18		0	+3	0	+15	+27	+43	+65	+100	+134	+190	+228	+280	+340	+415	+535	+700	+900
160~180	-580	-310	-230		-145	-85		-43		-14	0	-11	-18		0	+3	0	+15	+27	+43	+68	+108	+146	+210	+252	+310	+380	+465	+600	+780	+1 000
180~200	-660	-340	-240		-170	-100		-50		-15	0	-13	-21		0	+4	0	+17	+31	+50	+77	+122	+166	+236	+284	+350	+425	+520	+670	+880	+1 150
200~225	-740	-380	-260		-170	-100		-50		-15	0	-13	-21		0	+4	0	+17	+31	+50	+80	+130	+180	+258	+310	+385	+470	+575	+740	+960	+1 250
225~250	-820	-420	-280		-170	-100		-50		-15	0	-13	-21		0	+4	0	+17	+31	+50	+84	+140	+196	+284	+340	+425	+520	+640	+820	+1 050	+1 350
250~280	-920	-480	-300		-190	-110		-56		-17	0	-16	-26		0	+4	0	+20	+34	+56	+94	+158	+218	+315	+385	+475	+580	+710	+920	+1 200	+1 550
280~315	-1 050	-540	-330		-190	-110		-56		-17	0	-16	-26		0	+4	0	+20	+34	+56	+98	+170	+240	+350	+425	+525	+650	+790	+1 000	+1 300	+1 700
315~355	-1 200	-600	-360		-210	-125		-62		-18	0	-18	-28		0	+4	0	+21	+37	+62	+108	+190	+268	+390	+475	+590	+730	+900	+1 150	+1 500	+1 900
355~400	-1 350	-680	-400		-210	-125		-62		-18	0	-18	-28		0	+4	0	+21	+37	+62	+114	+208	+294	+435	+530	+660	+820	+1 000	+1 300	+1 650	+2 100
400~450	-1 500	-760	-440		-230	-135		-68		-20	0	-20	-32		0	+5	0	+23	+40	+68	+126	+232	+330	+490	+595	+740	+920	+1 100	+1 450	+1 850	+2 400
450~500	-1 650	-840	-480		-230	-135		-68		-20	0	-20	-32		0	+5	0	+23	+40	+68	+132	+252	+360	+540	+660	+820	+1 000	+1 250	+1 600	+2 100	+2 600

附表 1.3　孔的基本偏差数值(摘自 GB/T 1800.3—1998)

基本尺寸 /mm		常用公差带/μm												
		A	B		C		D			E		F			
大于	至	11	11	12	11	8	9	10	11	8	9	6	7	8	9
—	3	+330 +270	+200 +140	+240 +140	+120 +60	+34 +20	+45 +20	+60 +20	+80 +20	+28 +14	+39 +14	+12 +6	+16 +6	+20 +6	+31 +6
3	6	+345 +270	+215 +140	+260 +140	+145 +70	+48 +30	+60 +30	+78 +30	+105 +30	+38 +20	+50 +20	+18 +10	+22 +10	+28 +10	+40 +10
6	10	+370 +280	+240 +150	+330 +150	+170 +80	+62 +40	+76 +40	+98 +40	+170 +40	+47 +25	+61 +25	+22 +13	+28 +13	+35 +13	+49 +13
10	14	+400 +290	+260 +150	+330 +150	+205 +95	+77 +50	+93 +50	+120 +50	+160 +50	+59 +32	+75 +32	+27 +16	+34 +16	+43 +16	+59 +16
14	18														
18	24	+430 +300	+290 +160	+370 +160	+240 +110	+98 +65	+117 +65	+149 +65	+195 +65	+73 +40	+92 +40	+33 +20	+41 +20	+53 +20	+72 +20
24	30														
30	40	+470 +310	+330 +170	+420 +170	+280 +170	+119 +90	+142 +80	+180 +80	+240 +80	+89 +50	+112 +50	+41 +25	+50 +25	+64 +25	+87 +25
40	50	+480 +320	+340 +180	+430 +180	+290 +180										
50	65	+530 +340	+389 +190	+490 +190	+330 +140	+146 +100	+170 +100	+220 +100	+290 +100	+106 +60	+134 +80	+49 +30	+60 +30	+76 +30	+104 +30
65	80	+550 +360	+330 +200	+500 +200	+340 +150										
80	100	+600 +380	+440 +220	+570 +220	+390 +170	+174 +120	+207 +120	+260 +120	+340 +120	+126 +72	+159 +72	+58 +36	+71 +36	+90 +36	+123 +36
100	120	+630 +410	+460 +240	+590 +240	+400 +180										
120	140	+710 +460	+510 +260	+660 +260	+450 +200	+208 +145	+245 +145	+305 +145	+395 +145	+148 +85	+135 +85	+68 +43	+83 +43	+106 +43	+143 +43
140	160	+770 +520	+530 +280	+680 +280	+460 +210										
160	180	+830 +580	+560 +310	+710 +310	+480 +230										
180	200	+950 +660	+630 +340	+800 +340	+530 +240	+242 +170	+285 +170	+355 +170	+460 +170	+170 +100	+215 +100	+79 +50	+96 +50	+122 +50	+165 +50
200	225	+1030 +740	+670 +380	+840 +380	+550 +360										
225	250	+1110 +830	+710 +420	+880 +420	+570 +280										
250	280	+1240 +930	+800 +480	+1000 +480	+620 +300	+271 +190	+320 +190	+400 +190	+510 +190	+191 +110	+240 +110	+88 +56	+108 +56	+137 +56	+186 +56
280	315	+1375 +1050	+860 +540	+1060 +540	+650 +330										
315	355	+1560 +1200	+960 +600	+1170 +600	+720 +360	+299 +210	+350 +210	+440 +210	+570 +210	+214 +125	+265 +135	+98 +62	+119 +62	+115 +62	+202 +62
355	400	+1710 +1350	+1040 +680	+1250 +680	+760 +400										

续附表 1.3

基本尺寸/mm		常用公差带/μm																	
		G		H							I　J			K			M		
大于	至	6	7	6	7	8	9	10	11	12	6	7	8	6	7	8	6	7	8
—	3	+8 +2	+12 +2	+6 0	+10 0	+14 0	+25 0	+40 0	+60 0	+100 0	±3	±5	±7	0 -6	0 -10	0 -14	-2 -8	-2 -12	-2 -16
3	6	+12 +4	+16 +4	+8 0	+12 0	+18 0	+30 0	+48 0	+75 0	+120 0	±4	±6	±9	+2 -6	+3 -9	+5 -13	-1 -9	0 -12	+2 -16
6	10	+14 +5	+20 +5	+9 0	+15 0	+22 0	+36 0	+58 0	+90 0	+150 0	±4.5	±7	±11	+2 -7	+5 -10	+6 -16	-3 -12	0 -15	+1 -21
10	14	+17 +6	+24 +6	+11 0	+18 0	+27 0	+43 0	+70 0	+110 0	+180 0	±5.5	±9	±13	+2 -9	+6 -12	+8 -19	-4 -15	0 -18	+2 -25
14	18																		
18	24	+20 +7	+28 +7	+13 0	+21 0	+33 0	+52 0	+84 0	+130 0	+210 0	±6.5	±10	±16	+2 -11	+6 -15	+10 -23	-4 -17	0 -21	+4 -29
24	30																		
30	40	+25 +9	+34 +9	+16 0	+25 0	+39 0	+62 0	+100 0	+160 0	+250 0	±8	±12	±19	+3 -13	+7 -18	+12 -27	-4 -20	0 -25	+5 -34
40	50																		
50	65	+29 +10	+40 +10	+19 0	+30 0	+46 0	+74 0	+130 0	+190 0	+300 0	±9.5	±15	±23	+4 -15	+9 -21	+14 -32	-5 -24	0 -30	+5 -41
65	80																		
80	100	+34 +12	+47 +12	+22 0	+35 0	+54 0	+87 0	+140 0	+220 0	+350 0	±11	±17	±27	+4 -18	+10 -25	+16 -38	-6 -28	0 -35	+6 -43
100	120																		
120	140	+39 +14	+54 +14	+25 0	+40 0	+63 0	+100 0	+160 0	+250 0	+400 0	±12.5	±20	±31	+4 -21	+12 -28	+20 -43	-8 -33	0 -40	+8 -55
140	160																		
160	180																		
180	200	+44 +15	+61 +15	+29 0	+46 0	+72 0	+115 0	+185 0	+290 0	+460 0	±14.5	±23	±36	+5 -24	+13 -33	+22 -50	-8 -37	0 -46	+9 -63
200	225																		
225	250																		
250	280	+49 +17	+69 +17	+32 0	+52 0	+81 0	+130 0	+210 0	+320 0	+520 0	±16	±26	±40	+5 -27	+16 -36	+25 -56	-9 -41	0 -52	+9 -72
280	315																		
315	355	+54 +18	+75 +18	+36 0	+57 0	+89 0	+140 0	+230 0	+360 0	+570 0	±18	±28	±44	+7 -29	+17 -40	+28 -61	-10 -46	0 -57	+11 -78
355	400																		

续附表 1.3

基本尺寸/mm		常用公差带/μm											
		N			P		R		S		T		U
大于	至	6	7	8	6	7	6	7	6	7	6	7	7
—	3	−4 −10	−4 −14	−4 −18	−6 −12	−6 −16	−10 −16	−10 −20	−14 −20	−14 −24	—	—	−18 −28
3	6	−5 −13	−4 −16	−2 −20	−9 −17	−8 −20	−12 −20	−11 −23	−16 −24	−15 −27	—	—	−19 −31
6	10	−7 −16	−4 −19	−3 −25	−12 −21	−9 −24	−16 −25	−13 −28	−20 −29	−17 −32			−22 −37
10	14	−9 −20	−5 −23	−3 −30	−15 −26	−11 −29	−20 −31	−16 −34	−25 −36	−21 −39	—	—	−26 −44
14	18												
18	24	−11 −24	−7 −28	−3 −36	−18 −31	−14 −35	−24 −37	−20 −41	−31 −44	−27 −48	—	—	−33 −54
24	30										−37 −50	−33 −54	−40 −61
30	40	−12 −28	−8 −33	−3 −42	−21 −37	−17 −42	−29 −45	−25 −50	−38 −54	−34 −59	−43 −59	−39 −64	−51 −76
40	50										−49 −65	−45 −70	−61 −86
50	65	−14 −33	−9 −39	−4 −50	−26 −45	−21 −51	−35 −54	−30 −60	−47 −66	−42 −72	−60 −79	−55 −85	−76 −106
65	80						−37 −56	−32 −62	−53 −72	−48 −78	−69 −88	−64 −94	−91 −121
80	100	−16 −38	−10 −45	−4 −58	−30 −52	−24 −59	−44 −66	−38 −73	−64 −86	−58 −93	−84 −106	−78 −113	−111 −146
100	120						−47 −69	−41 −76	−72 −94	−66 −101	−97 −119	−91 −126	−131 −166
120	140	−20 −45	−12 −52	−4 −67	−36 −61	−28 −68	−56 −81	−48 −88	−85 −110	−77 −117	−115 −140	−107 −147	−155 −195
140	160						−58 −83	−50 −90	−93 −118	−85 −125	−127 −152	−110 −159	−175 −215
160	180						−61 −86	−53 −93	−101 −126	−93 −133	−139 −164	−131 −171	−195 −235
180	200	−22 −51	−14 −60	−5 −77	−41 −70	−33 −79	−68 −97	−60 −106	−113 −142	−101 −155	−157 −186	−149 −195	−215 −265
200	225						−71 −100	−63 −109	−121 −150	−113 −159	−171 −200	−163 −209	−241 −287
225	250						−75 −104	−67 −113	−131 −160	−123 −169	−187 −216	−179 −235	−267 −313
250	280	−25 −57	−14 −65	−5 −85	−47 −79	−36 −88	−85 −117	−74 −126	−149 −181	−138 −190	−209 −241	−198 −250	−295 −347
280	315						−89 −121	−78 −130	−161 −193	−150 −203	−231 −263	−220 −272	−330 −382
315	355	−26 −62	−16 −73	−5 −94	−51 −87	−41 −98	−97 −133	−87 −144	−179 −215	−169 −226	−257 −293	−247 −304	−369 −426
355	400						−103 −139	−93 −150	−197 −233	−187 −244	−283 −319	−273 −330	−414 −471

附录2 螺 纹

附表2.1　普通螺纹的直径与螺距(摘自 GB/T 193—2003、GB/T 196—2003)　　mm

公称直径 D、d		螺 距 P		粗牙中径 D_2、d_2	粗牙小径 D_1、d_1
第一系列	第二系列	粗 牙	细 牙		
3		0.5	0.35	2.675	2.459
	3.5	0.6		3.110	2.850
4		0.7		3.545	3.242
	4.5	0.75	0.50	4.013	3.688
5		0.8		4.480	4.134
6		1	0.75	5.350	4.917
8		1.25	1,0.75	7.188	6.647
10		1.5	1.25,1,0.75	9.026	8.376
12		1.75	1.5,1.25,1	10.863	10.106
	14	2	1.5,1.25*,1	12.701	11.835
16		2	1.5,1	14.701	13.835
	18	2.5		16.376	15.294
20		2.5		18.376	17.294
	22	2.5	2,1.5,1	20.376	19.295
24		3		22.051	20.752
	27	3		25.051	23.752
30		3.5	(3),2,1.5,1	27.727	26.211
	33	3.5	(3),2,1.5	30.727	29.211
36		4	3,2,1.5	33.402	31.670
	39	4		36.402	34.670
42		4.5		39.007	37.129
	45	4.5		42.077	40.129
48		5		44.752	42.587
	52	5	4,3,2,1.5	48.752	46.587
56		5.5		52.428	50.046
	60	5.5		56.428	54.046
64		6		60.103	57.505
	68	6		64.103	61.505

注:①优先选用第一系列,第三系列未列入。
②括号内尺寸尽可能不用。
③ * M14×1.25 仅用于火花塞。

附表 2.2　普通螺纹中径公差(摘自 GB/T 197—2003)

基本大径 D(d) /mm	螺距 P/mm	内螺纹中径公差 TD_2/μm					外螺纹中径公差 Td_2/μm						
		公差等级					公差等级						
		4	5	6	7	8	3	4	5	6	7	8	9
2.8 ~ 5.6	0.35	56	71	90	—	—	34	42	53	67	85	—	—
	0.5	63	80	100	125	—	38	48	60	75	95	—	—
	0.6	71	90	112	140	—	42	53	67	85	106	—	—
	0.7	75	95	118	150	—	45	56	71	90	112	—	—
	0.75	75	95	118	150	—	45	56	71	90	112	—	—
	0.8	80	100	125	160	200	48	60	75	95	118	150	190
5.6 ~ 11.2	0.75	85	106	132	170	—	50	63	80	100	125	—	—
	1	95	118	150	190	236	56	71	90	112	140	180	224
	1.25	100	125	160	200	250	60	75	95	118	150	190	236
	1.5	112	140	180	224	280	67	85	106	132	170	212	265
11.2 ~ 22.4	1	100	125	160	200	250	60	75	95	118	150	190	236
	1.25	112	140	180	224	280	67	85	106	132	170	212	265
	1.5	118	150	190	236	300	71	90	112	140	180	224	280
	1.75	125	160	200	250	315	75	95	118	150	190	236	300
	2	132	170	212	265	335	80	100	125	160	200	250	315
	2.5	140	180	224	280	355	85	106	132	170	212	265	335
22.4 ~ 45	1	106	132	170	212	—	63	80	100	125	160	200	250
	1.5	125	160	200	250	315	75	95	118	150	190	236	300
	2	140	180	224	280	355	85	106	132	170	212	265	335
	3	170	212	265	335	425	100	125	160	200	250	315	400
	3.5	180	224	280	355	450	106	132	170	212	265	335	425
	4	190	236	300	375	475	112	140	180	224	280	355	450
	4.5	200	250	315	400	500	118	150	190	236	300	375	475
45 ~ 90	1.5	132	170	212	265	335	89	100	125	160	200	250	315
	2	150	190	236	300	375	90	112	140	180	224	280	355
	3	180	224	280	355	450	106	132	170	212	265	335	425
	4	200	250	315	400	500	118	150	190	236	300	375	475
	5	212	265	335	425	530	125	160	200	250	315	400	500
	5.5	224	280	355	450	560	132	170	212	265	335	425	530
	6	236	300	375	475	600	140	180	224	280	355	450	560

附表 2.3　普通螺纹顶径公差(摘自 GB/T 197—2003)

螺距 P/mm	内螺纹小径公差 $TD_1/\mu m$					外螺纹大径公差 $Td_1/\mu m$		
	公差等级					公差等级		
	4	5	6	7	8	4	6	8
0.35	63	80	100	—	—	53	85	—
0.4	71	90	112	—	—	60	95	—
0.45	80	100	125	—	—	63	100	—
0.5	90	112	140	180	—	67	106	—
0.6	100	125	160	200	—	80	125	—
0.7	112	140	180	224	—	90	140	—
0.75	118	150	190	236	—	90	140	—
0.8	125	160	200	250	315	95	150	236
1	150	190	236	300	375	112	180	280
1.25	170	212	265	335	425	132	212	335
1.5	190	236	300	375	475	150	236	375
1.75	212	265	335	425	530	170	265	425
2	236	300	375	475	600	180	280	450
2.5	280	355	450	560	710	212	335	530
3	315	400	500	630	800	236	375	600
3.5	355	450	560	710	900	265	425	670
4	375	750	600	750	950	300	475	750
4.5	425	530	670	850	1 060	315	500	800
5	450	560	710	900	1 120	335	530	850
5.5	475	600	750	950	1 180	355	560	900
6	500	630	800	1 000	1 250	375	600	950
8	630	800	1 000	1 250	1 600	450	710	1 180

附表 2.4　内外螺纹的基本偏差(摘自 GB/T 197—2003)

螺距 P/mm	基本偏差/μm					
	内螺纹		外螺纹			
	G	H	c	f	g	h
	EI	EI	es	es	es	es
0.35	+ 19	0	—	− 34	− 19	0
0.4	+ 19	0	—	− 34	− 19	0
0.45	+ 20	0	—	− 35	− 20	0
0.5	+ 20	0	− 50	− 36	− 20	0
0.6	+ 21	0	− 53	− 36	− 21	0
0.7	+ 22	0	− 56	− 38	− 22	0
0.75	+ 22	0	− 56	− 38	− 22	0
0.8	+ 24	0	− 60	− 38	− 24	0
1	+ 26	0	− 60	− 40	− 26	0
1.25	+ 28	0	− 63	− 42	− 28	0
1.5	+ 32	0	− 67	− 45	− 32	0
1.75	+ 34	0	− 71	− 48	− 34	0
2	+ 38	0	− 71	− 52	− 38	0
2.5	+ 42	0	− 80	− 58	− 42	0
3	+ 48	0	− 85	− 63	− 48	0
3.5	+ 53	0	− 90	− 70	− 53	0
4	+ 60	0	− 95	− 75	− 60	0
4.5	+ 63	0	− 100	− 80	− 63	0
5	+ 71	0	− 106	− 85	− 71	0
5.5	+ 75	0	− 112	− 90	− 75	0
6	+ 80	0	− 118	− 95	− 80	0
8	+ 100	0	− 140	− 118	− 100	

附表 2.5　螺纹旋合长度(摘自 GB/T 197—2003)　　　　　　　　mm

基本大径 D, d		螺距 P	旋合长度			
			S		N	L
>	≤		≤	>	≤	>
2.8	5.6	0.35	1	1	3	3
		0.5	1.5	1.5	4.5	4.5
		0.6	1.7	1.7	5	5
		0.7	2.	2	6	6
		0.75	2.2	2.2	6.7	6.7
		0.8	2.5	2.5	7.5	7.5
5.6	11.2	0.75	2.4	2.4	7.1	7.1
		1	3	3	9	9
		1.25	4	4	12	12
		1.5	5	5	15	15
11.2	22.4	1	3.8	3.8	11	11
		1.25	4.5	4.5	13	13
		1.5	5.6	5.6	16	16
		1.75	6	6	18	18
		2	8	8	24	24
		2.5	10	10	30	30
22.4	45	1	4	4	12	12
		1.5	6.3	6.3	19	19
		2	8.5	8.5	25	25
		3	12	12	36	36
		3.5	15	15	45	45
		4	18	18	53	53
		4.5	21	21	63	63
45	90	1.5	7.5	7.5	22	22
		2	9.5	9.5	28	28
		3	15	15	45	45
		4	19	19	56	56
		5	24	24	71	71
		5.5	28	28	85	85
		6	32	32	95	95

附录 3　螺纹紧固件

附表 3.1　六角头螺栓

六角头螺栓——C 级（摘自 GB/T 5780—2000）

六角头螺栓——A 级和 B 级（摘自 GB/T 5782—2000）

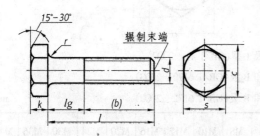 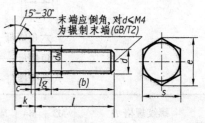

mm

螺纹规格 d			M3	M4	M5	M6	M8	M10	M12	M16	M20	M24	M30	M36	M42
b 参 考	$l \leqslant 125$		12	14	16	18	22	26	30	38	46	54	66	—	—
	$125 < l \leqslant 200$		18	20	22	24	28	32	36	44	52	60	72	84	96
	$l > 200$		31	33	35	37	41	45	49	57	65	73	85	97	109
c			0.4	0.4	0.5	0.5	0.6	0.6	0.6	0.8	0.8	0.8	0.8	0.8	1
d_w	产品等级	A	4.75	5.88	6.88	8.88	11.63	14.63	16.63	22.49	28.19	33.61	—	—	—
		B、C	4.45	5.74	6.74	8.74	11.47	14.47	16.47	22	27.7	33.25	42.75	51.11	59.95
c	产品等级	A	6.01	7.66	8.79	11.05	14.38	17.77	20.03	26.75	33.53	39.98	—	—	—
		B、C	5.88	7.50	8.63	10.89	14.20	17.59	19.85	26.17	32.95	39.55	50.85	60.79	72.02
k	公称		2	2.8	3.5	4	5.3	6.4	7.5	10	12.5	15	18.7	22.5	26
r			0.1	0.2	0.2	0.25	0.4	0.4	0.6	0.6	0.8	0.8	1	1	1.2
s	公称		5.5	7	8	10	13	16	18	24	30	36	46	55	65
l (产品规格范围)			20~30	25~40	25~50	30~60	40~80	45~100	50~120	65~160	80~200	90~240	110~300	140~360	160~440
l 系列			12,16,20,25,30,35,40,45,50,55,60,65,70,80,90,100,110,120,130,140,150,160,180, 200,220,240,260,280,300,320,340,360,380,400,420,440,460,480,500												

注：①A 级用于 $d \leqslant 24$ 和 $l \leqslant 10d$ 或 $l \leqslant 150$ 的螺栓；B 级用于 $d > 24$ 和 $l > 10d$ 或 $l > 150$ 的螺栓。

②螺纹规格 d 范围：GB/T 5780—2000 为 M5 ~ M64；GB/T 5782—2000 为 M1.6 ~ M64。

③公称长度范围：GB/T 5780—2000 为 25 ~ 500；GB/T 5782—2000 为 12 ~ 500。

附表 3.2　六角螺母

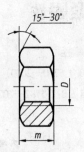 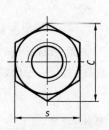

六角螺母——C 级 1 型(GB/T 41—2000)

六角螺母——A 级和 B 级(GB/T 6170—2000)

六角薄螺母—A 级和 B 级(GB/T 6172—2000)　　　　　　　　　　mm

螺纹规格 D		M3	M4	M5	M6	M8	M10	M12	M16	M20	M24	M30	M36	M42
e_{min}	GB/T 41	—	—	8.63	10.89	14.20	17.59	19.85	26.17	32.95	39.55	50.85	60.79	72.02
	GB/T 6170	6.01	7.66	8.79	11.05	14.38	17.77	20.03	26.75	32.95	39.55	50.85	60.79	72.02
	GB/T 6172	6.01	7.66	8.79	11.05	14.38	17.77	20.03	26.75	32.95	39.55	50.85	60.79	72.02
s_{max}	GB/T 41	—	—	8	10	13	16	18	24	30	36	46	55	65
	GB/T 6170	5.5	7	8	10	13	16	18	24	30	36	46	55	65
	GB/T 6172	5.5	7	8	10	13	16	18	24	30	36	46	55	65
m_{max}	GB/T 41	—	—	5.6	6.4	7.9	9.5	12.2	15.9	18.7	22.3	26.4	31.9	34.9
	GB/T 6170	2.4	3.2	4.7	5.2	6.8	8.4	10.8	14.8	18	21.5	25.6	31	34
	GB/T 6172	1.8	2.2	2.7	3.2	4	5	6	8	10	12	15	18	21

附表 3.3　垫圈

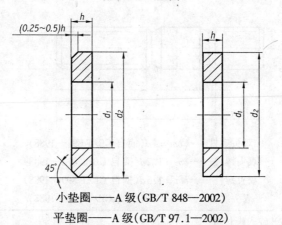

小垫圈——A 级（GB/T 848—2002）

平垫圈——A 级（GB/T 97.1—2002）

平垫圈 倒角型——A 级（GB/T 97.2—2002）　　　　　mm

公称规格	内径 d_1		外径 d_2		厚度 h		
（螺纹大径 d）	公称(min)	max	公称(max)	min	公称	max	min
1.6	1.7	1.84	4	3.7	0.3	0.35	0.25
2	2.2	2.34	5	4.7	0.3	0.35	0.25
2.5	2.7	2.84	6	5.7	0.5	0.55	0.45
3	3.2	3.38	7	6.64	0.5	0.55	0.45
4	4.3	4.48	9	8.64	0.8	0.9	0.7
5	5.3	5.48	10	9.64	1	1.1	0.9
6	6.4	6.62	12	11.57	1.6	1.8	1.4
8	8.4	8.62	16	15.57	1.6	1.8	1.4
10	10.5	10.77	20	19.48	2	2.2	1.8
12	13	13.27	24	23.48	2.5	2.7	2.3
16	17	17.27	30	29.48	3	3.3	2.7
20	21	21.33	37	36.38	3	3.3	2.7
24	25	25.33	44	43.38	4	4.3	3.7
30	31	31.39	56	55.26	4	4.3	3.7
36	37	37.62	66	64.8	5	5.6	4.4
42	45	45.62	78	76.8	8	9	7
48	52	52.74	92	90.6	8	9	7
56	62	62.74	105	103.6	10	11	9
64	70	70.74	115	113.6	10	11	9

附表 3.4　双头螺柱（摘自 GB/T 897～900—1988）

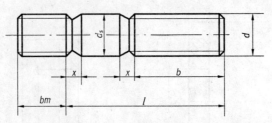

双头螺柱——$bm = 1d$（摘自 GB/T 897—1988）
双头螺柱——$bm = 1.2d$（摘自 GB/T 898—1988）
双头螺柱——$bm = 1.5d$（摘自 GB/T 899—1988）
双头螺柱——$bm = 2d$（摘自 GB/T 900—1988）

mm

螺纹规格 d	b_m（旋入端长度）				d_s	x	l　b（螺柱长　坚固端长度）
	GB/T 897	GB/T 898	GB/T 899	GB/T 900			
M4			6	8	4	$1.5P$	16～22 8　25～40 14
M5	5	6	8	10	5	$1.5P$	16～22 10　25～50 16
M6	6	8	10	12	6	$1.5P$	20～22 10　25～30 14　32～75 18
M8	8	10	12	16	8	$1.5P$	20～22 12　25～30 16　32～90 22
M10	10	12	15	20	10	$1.5P$	25～28 14　30～38 16　40～120 26 130 32
M12	12	15	18	24	12	$1.5P$	25～30 16　32～40 20　45～120 30 130～180 36
M16	16	20	24	32	16	$1.5P$	30～38 20　40～55 30　60～120 38 130～200 44
M20	20	25	30	40	20	$1.5P$	35～40 25　45～65 35　70～120 46 130～200 52
M24	24	30	36	48	24	$1.5P$	45～50 30　55～75 45　80～120 54 130～200 60
M30	30	38	45	60	30	$1.5P$	60～65 40　70～90 50　95～120 66 130～200 72　210～250 85
M36	36	45	54	72	36	$1.5P$	65～75 45　80～110 60　120 78 130～200 84　210～300 97
M42	42	52	65	84	42	$1.5P$	70～80 50　85～110 70　120 90 130～200 96　210～300 109
M48	48	60	72	96	48	$1.5P$	80～90 60　95～110 80　120 102 130～200 108　210～300 121
l 系列	12,(14),16,(18),20,(22),25,(28),30,(32),35,(38),40,45,50,(55),60,(65),70,(75),80, (85),90,(95),100,110～260(10进位),280,300						

注：①括号内的规格尽可能不用。

　　②P 为螺距。

　　③$bm = 1d$，一般用于钢对钢；$bm = 1.25d$、$bm = 1.5d$，一般用于钢对铸铁；$bm = 2d$，一般用于钢对铝合金。

附录4　键与销

附表4.1　平键和键槽的尺寸与公差(摘自 GB/T 1095—2003 和 GB/T 1096—2003)　mm

键尺寸 $b \times h$	键 宽度极限偏差 (h8)	键 高度h极限偏差 (h11)	键槽 宽度b 基本尺寸 b	松连接 轴H9	松连接 毂D10	正常连接 轴N9	正常连接 毂JS9	紧密连接 轴和毂P9	深度 轴t_1 基本尺寸	深度 轴t_1 极限偏差	深度 毂t_2 基本尺寸	深度 毂t_2 极限偏差
2×2	0 -0.014	—	2	+0.025 0	+0.060 +0.020	-0.004 -0.029	±0.012 5	-0.006 -0.031	1.2	+0.1 0	1.0	+0.1 0
3×3		—	3						1.8		1.4	
4×4	0 -0.018	—	4	+0.030 0	+0.078 +0.030	0 -0.030	±0.015	-0.012 -0.042	2.5		1.8	
5×5		—	5						3.0		2.3	
6×6		—	6						3.5		2.8	
8×7	0 -0.022	0 -0.090	8	+0.036 0	+0.098 +0.040	0 -0.036	±0.018	-0.015 -0.051	4.0	+0.2 0	3.3	+0.2 0
10×8			10						5.0		3.3	
12×8	0 -0.027		12	+0.043 0	+0.120 +0.050	0 -0.043	±0.021 5	-0.018 -0.061	5.0		3.3	
14×9			14						5.5		3.8	
16×10			16						6.0		4.3	
18×11			18						7.0		4.4	
20×12	0 -0.033	0 -0.110	20	+0.052 0	+0.149 +0.065	0 -0.052	±0.026	-0.022 -0.074	7.5		4.9	
22×14			22						9.0		5.4	
25×14			25						9.0		5.4	
28×16			28						10.0		6.4	

附表 4.2　销

圆柱销(摘自 GB/T 119.1—2000)

圆锥销(摘自 GB/T 117—2000)

开口销(摘自 GB/T 91—2000)

mm

名称	公称直径 d	1	1.2	1.5	2	2.5	3	4	5	6	8	10	12
圆柱销 GB/T 119.1	$c \approx$	0.20	0.25	0.30	0.35	0.40	0.50	0.63	0.80	1.2	1.6	2	2.5
圆锥销 GB/T 117	$a \approx$	0.12	0.16	0.20	0.25	0.30	0.40	0.50	0.63	0.80	1	1.2	1.6
开口销 GB/T 91	d(公称)	0.6	0.8	1	1.2	1.6	2	2.5	3.2	4	5	6.3	8
	c	1	1.4	1.8	2	2.8	3.6	4.6	5.8	7.4	9.2	11.8	15
	$b \approx$	2	2.4	3	4	3.2	4	5	6.4	8	10	12.6	16
	l(商品规格范围公称长度)	4~12	5~16	6~20	8~25	8~32	10~40	12~50	14~65	18~80	22~100	30~120	40~160
	l 系列	2,3,4,5,6,7,8,10,12,14,16,18,20,22,24,26,28,30,32,35,40,45,50,55,60, 65,70,75,80,85,90,100,120											

附录5　渐开线圆柱齿轮的公差和基本偏差

附表5.1　单个齿距极限偏差 ± fpt 值(摘自 GB/T 10095.1—2001)　　　　μm

分度圆直径 d/mm	法向模数 m_n/mm	精度等级			
		6	7	8	9
20 < d ≤ 50	0.5 ≤ m_n ≤ 2	7.0	10.0	14.0	20.0
	2 < m_n ≤ 3.5	7.5	11.0	15.0	22.0
	3.5 < m_n ≤ 6	8.5	12.0	17.0	24.0
	6 < m_n ≤ 10	10.0	14.0	20.0	28.0
50 < d ≤ 125	0.5 ≤ m_n ≤ 2	7.5	11.0	15.0	21.0
	2 < m_n ≤ 3.5	8.5	12.0	17.0	23.0
	3.5 < m_n ≤ 6	9.0	13.0	18.0	26.0
	6 < m_n ≤ 10	10.0	15.0	21.0	30.0
	10 < m_n ≤ 16	13.0	18.0	25.0	35.0
	16 < m_n ≤ 25	16.0	22.0	31.0	44.0
125 < d ≤ 280	0.5 ≤ m_n ≤ 2	8.5	12.0	17.0	24.0
	2 < m_n ≤ 3.5	9.0	13.0	18.0	26.0
	3.5 < m_n ≤ 5	10.0	14.0	20.0	28.0
	5 < m_n ≤ 10	11.0	16.0	23.0	32.0
	10 < m_n ≤ 16	13.0	19.0	27.0	38.0
	16 < m_n ≤ 25	16.0	23.0	33.0	47.0
	25 < m_n ≤ 40	21.0	30.0	43.0	61.0
280 < d ≤ 560	0.5 ≤ m_n ≤ 2	9.5	13.0	19.0	27.0
	2 < m_n ≤ 3.5	10.0	14.0	20.0	29.0
	3.5 < m_n ≤ 6	11.0	16.0	22.0	31.0
	6 < m_n ≤ 10	12.0	17.0	25.0	35.0
	10 < m_n ≤ 16	14.0	20.0	29.0	41.0
	16 < m_n ≤ 25	18.0	25.0	35.0	50.0
	25 < m_n ≤ 40	22.0	32.0	45.0	63.0
	40 < m_n ≤ 70	31.0	45.0	63.0	89.0
560 < d ≤ 1 000	0.5 ≤ m_n ≤ 2	11.0	15.0	21.0	30.0
	2 < m_n ≤ 3.5	11.0	16.0	23.0	32.0
	3.5 < m_n ≤ 6	12.0	17.0	24.0	35.0
	6 < m_n ≤ 10	14.0	19.0	27.0	38.0
	10 < m_n ≤ 16	16.0	22.0	31.0	44.0
	16 < m_n ≤ 25	19.0	27.0	38.0	53.0
	25 < m_n ≤ 40	24.0	34.0	47.0	67.0
	40 < m_n < 70	33.0	46.0	65.0	93.0

附表 5.2　齿距累积公差 Fp(摘自 GB/T 10095.1—2001)　　　　　　μm

分度圆直径 d/mm	法向模数 m_n/mm	精度等级			
		6	7	8	9
$20 < d \leqslant 50$	$0.5 \leqslant m_n \leqslant 2$	20.0	29.0	41.0	57.0
	$2 < m_n \leqslant 3.5$	21.0	30.0	42.0	59.0
	$3.5 < m_n \leqslant 6$	22.0	31.0	44.0	62.0
	$6 < m_n \leqslant 10$	23.0	33.0	46.0	65.0
$50 < d \leqslant 125$	$0.5 \leqslant m_n \leqslant 2$	26.0	37.0	52.0	74.0
	$2 < m_n \leqslant 3.5$	27.0	38.0	53.0	76.0
	$3.5 < m_n \leqslant 6$	28.0	39.0	55.0	78.0
	$6 < m_n \leqslant 10$	29.0	41.0	58.0	82.0
	$10 < m_n \leqslant 16$	31.0	44.0	62.0	88.0
	$16 < m_n \leqslant 25$	34.0	48.0	68.0	96.0
$125 < d \leqslant 280$	$0.5 \leqslant m_n \leqslant 2$	35.0	49.0	69.0	98.0
	$2 < m_n \leqslant 3.5$	35.0	50.0	70.0	100.0
	$3.5 < m_n \leqslant 6$	36.0	51.0	72.0	102.0
	$6 < m_n \leqslant 10$	37.0	53.0	75.0	106.0
	$10 < m_n \leqslant 16$	39.0	56.0	79.0	112.0
	$16 < m_n \leqslant 25$	43.0	60.0	85.0	120.0
	$25 < m_n \leqslant 40$	47.0	67.0	95.0	134.0
$280 < d \leqslant 560$	$0.5 \leqslant m_n \leqslant 2$	46.0	64.0	91.0	129.0
	$2 < m_n \leqslant 3.5$	46.0	65.0	92.0	131.0
	$3.5 < m_n \leqslant 6$	47.0	66.0	94.0	133.0
	$6 < m_n \leqslant 10$	48.0	68.0	97.0	137.0
	$10 < m_n \leqslant 16$	50.0	71.0	101.0	143.0
	$16 < m_n \leqslant 25$	54.0	76.0	107.0	151.0
	$25 < m_n \leqslant 40$	58.0	83.0	117.0	165.0
	$40 < m_n \leqslant 70$	68.0	95.0	135.0	191.0
$560 < d \leqslant 1\,000$	$0.5 \leqslant m_n \leqslant 2$	59.0	83.0	117.0	166.0
	$2 < m_n \leqslant 3.5$	59.0	84.0	119.0	168.0
	$3.5 < m_n \leqslant 6$	60.0	85.0	120.0	170.0
	$6 < m_n \leqslant 16$	62.0	87.0	123.0	174.0
	$16 < m_n \leqslant 25$	64.0	90.0	127.0	180.0
	$25 < m_n \leqslant 40$	67.0	94.0	133.0	189.0
		72.0	101.0	143.0	203.0
	$40 < m_n < 70$	81.0	114.0	161.0	228.0

附表 5.3　径向跳动公差 Fr(摘自 GB/T 10095.1—2001)　　　　μm

分度圆直径 d/mm	法向模数 m_n/mm	精度等级			
		6	7	8	9
20 < d ≤ 50	0.5 ≤ m_n ≤ 2.0	16	23	32	46
	2.0 < m_n ≤ 3.5	17	24	34	47
	3.5 < m_n ≤ 6.0	17	25	35	49
	6.0 < m_n ≤ 10	19	26	37	52
50 < d ≤ 125	0.5 < m_n ≤ 2.0	21	29	42	59
	2.0 < m_n ≤ 3.5	21	30	43	61
	3.5 < m_n ≤ 6.0	22	31	44	62
	6.0 < m_n ≤ 10	23	33	46	65
	10 < m_n ≤ 16	25	35	50	70
	16 < m_n ≤ 25	27	39	55	77
125 < d ≤ 280	0.5 ≤ m_n ≤ 2.0	28	39	55	78
	2.0 < m_n ≤ 3.5	28	40	56	80
	3.5 < m_n ≤ 6.0	29	41	58	82
	6.0 < m_n ≤ 10	30	42	60	85
	10 < m_n ≤ 16	32	45	63	89
	16 < m_n ≤ 25	34	48	76	96
	25 < m_n ≤ 40	36	54	76	107
280 < d ≤ 560	0.5 ≤ m_n ≤ 2.0	36	51	73	103
	2.0 < m_n ≤ 3.5	37	52	74	105
	3.5 < m_n ≤ 6.0	38	53	75	106
	6.0 < m_n ≤ 10	39	55	77	109
	10 < m_n ≤ 16	40	57	81	114
	16 < m_n ≤ 25	43	61	86	121
	25 < m_n ≤ 40	47	66	94	132
	40 < m_n ≤ 70	54	76	108	153
560 < d ≤ 1 000	0.5 ≤ m_n ≤ 2.0	47	66	94	133
	2.0 < m_n ≤ 3.5	48	67	95	134
	3.5 < m_n ≤ 6.0	48	68	96	136
	6.0 < m_n ≤ 10	49	70	98	139
	10 < m_n ≤ 16	51	72	102	144
	16 < m_n ≤ 25	53	76	107	151
	25 < m_n ≤ 40	57	81	115	162
	40 < m_n < 70	65	91	129	183

附表 5.4　径向综合总公差 F″$_i$（摘自 GB/T 10095.2—2001）　　　　　μm

分度圆直径 d/mm	法向模数 m$_n$/mm	精度等级			
		6	7	8	9
20 < d ≤ 50	0.2 ≤ m$_n$ ≤ 0.5	19	26	37	52
	0.5 < m$_n$ ≤ 0.8	20	28	40	56
	0.8 < m$_n$ ≤ 1.0	21	30	42	60
	1.0 < m$_n$ ≤ 1.5	23	32	45	64
	1.5 < m$_n$ ≤ 2.5	26	37	52	73
	2.5 < m$_n$ ≤ 4.0	31	44	63	89
	4.0 < m$_n$ ≤ 6.0	39	56	79	111
	6.0 < m$_n$ ≤ 10	52	74	104	147
50 < d ≤ 125	0.2 ≤ m$_n$ ≤ 0.5	23	33	46	66
	0.5 < m$_n$ ≤ 0.8	25	35	49	70
	0.8 < m$_n$ ≤ 1.0	26	36	52	73
	1.0 < m$_n$ ≤ 1.5	27	39	55	77
	1.5 < m$_n$ ≤ 2.5	31	43	61	86
	2.5 < m$_n$ ≤ 4.0	36	51	72	102
	4.0 < m$_n$ ≤ 6.0	44	62	88	124
	6.0 < m$_n$ ≤ 10	57	80	114	161
125 < d ≤ 280	0.2 ≤ m$_n$ ≤ 0.5	30	42	60	85
	0.5 < m$_n$ ≤ 0.8	31	44	63	89
	0.8 < m$_n$ ≤ 1.0	33	46	65	92
	1.0 < m$_n$ ≤ 1.5	34	48	68	97
	1.5 < m$_n$ ≤ 2.5	37	53	75	106
	2.5 < m$_n$ ≤ 4.0	43	61	86	121
	4.0 < m$_n$ ≤ 6.0	51	72	102	144
	6.0 < m$_n$ ≤ 10	64	90	127	180
280 < d ≤ 560	0.2 ≤ m$_n$ ≤ 0.5	39	55	78	110
	0.5 < m$_n$ ≤ 0.8	40	57	81	114
	0.8 < m$_n$ ≤ 1.0	42	59	83	117
	1.0 < m$_n$ ≤ 1.5	43	61	86	122
	1.5 < m$_n$ ≤ 2.5	46	65	92	131
	2.5 < m$_n$ ≤ 4.0	52	73	104	146
	4.0 < m$_n$ ≤ 6.0	60	84	119	169
	6.0 < m$_n$ ≤ 10	73	103	145	205

附表 5.5　一齿径向综合公差 f'' (摘自 GB/T 10095.2—2001)　　　　μm

分度圆直径 d/mm	法向模数 m_n/mm	精度等级			
		6	7	8	9
20 < d ≤ 50	$0.2 \leqslant m_n \leqslant 0.5$	2.5	3.5	5.0	7.0
	$0.5 < m_n \leqslant 0.8$	4.0	5.5	7.5	11
	$0.8 < m_n \leqslant 1.0$	5.0	7.0	10	14
	$1.0 < m_n \leqslant 1.5$	6.5	9.0	13	18
	$1.5 < m_n \leqslant 2.5$	9.5	13	19	26
	$2.5 < m_n \leqslant 4.0$	14	20	29	41
	$4.0 < m_n \leqslant 6.0$	22	31	43	61
	$6.0 < m_n \leqslant 10$	34	48	67	95
50 < d ≤ 125	$0.2 \leqslant m_n \leqslant 0.5$	2.5	3.5	5.0	7.5
	$0.5 < m_n \leqslant 0.8$	4.0	5.5	8.0	11
	$0.8 < m_n \leqslant 1.0$	5.0	7.0	10	14
	$1.0 < m_n \leqslant 1.5$	6.5	9.0	13	18
	$1.5 < m_n \leqslant 2.5$	9.5	13	19	26
	$2.5 < m_n \leqslant 4.0$	14	20	29	41
	$4.0 < m_n \leqslant 6.0$	22	31	44	62
	$6.0 < m_n \leqslant 10$	34	48	67	95
125 < d ≤ 280	$0.2 \leqslant m_n \leqslant 0.5$	2.5	3.5	5.5	7.5
	$0.5 < m_n \leqslant 0.8$	4.0	5.5	8.0	11
	$0.8 < m_n \leqslant 1.0$	5.0	7.0	10	14
	$1.0 < m_n \leqslant 1.5$	6.5	9.0	13	18
	$1.5 < m_n \leqslant 2.5$	9.5	13	19	27
	$2.5 < m_n \leqslant 4.0$	15	21	29	41
	$4.0 < m_n \leqslant 6.0$	22	31	44	62
	$6.0 < m_n \leqslant 10$	34	48	67	95
280 < d ≤ 560	$0.2 \leqslant m_n \leqslant 0.5$	2.5	4.0	5.5	7.5
	$0.5 < m_n \leqslant 0.8$	4.0	5.5	8.0	11
	$0.8 < m_n \leqslant 1.0$	5.0	7.5	10	15
	$1.0 < m_n \leqslant 1.5$	6.5	9.0	13	18
	$1.5 < m_n \leqslant 2.5$	9.5	13	19	27
	$2.5 < m_n \leqslant 4.0$	15	21	20	41
	$4.0 < m_n \leqslant 6.0$	22	31	44	62
	$6.0 < m_n \leqslant 10$	34	48	68	96

附录 6 滚动轴承

附表 6.1 深沟球轴承(摘自 GB/T 276—1994)

标记示例:滚动轴承 6210(GB/T 276—1994)

注:d——轴承公称内径;D——轴承公称外径;B——轴承公称宽度;r——内外圈公称倒角的单向最小尺寸;
r_{smin}——r 的单向最小尺寸。

轴承代号	尺寸/mm			
	d	D	B	r_{smin}
02 系列				
6200	10	30	9	0.6
6201	12	32	10	0.6
6202	15	35	11	0.6
6203	17	40	12	0.6
6204	20	47	14	1
6205	25	52	15	1
6206	30	62	16	1
6207	35	72	17	1.1
6208	40	80	18	1.1
6209	45	85	19	1.1
6210	50	90	20	1.1
6211	55	100	21	1.5
6212	60	110	22	1.5
6213	65	120	23	1.5
6214	70	125	24	1.5
6215	75	130	25	1.5
6216	80	140	26	2
6217	85	150	28	2
6218	90	160	30	2
6219	95	170	32	2.1
6220	100	180	34	2.1
03 系列				
6300	10	35	11	0.6
6301	12	37	12	1
6302	15	42	13	1
6303	17	47	14	1

轴承代号	尺寸/mm			
	d	D	B	r_{smin}
6304	20	52	15	1.1
6305	25	62	17	1.1
6306	30	72	19	1.1
6307	35	80	21	1.5
6308	40	90	23	1.5
6309	45	100	25	1.5
6310	50	110	27	2
6311	55	120	29	2
6312	60	130	31	2.1
6313	65	140	33	2.1
6314	70	150	35	2.1
6315	75	160	37	2.1
6316	80	170	39	2.1
6317	85	180	41	3
6318	90	190	43	3
6319	95	200	45	3
6320	100	215	47	3
04 系列				
6403	17	62	17	1.1
6404	20	72	19	1.1
6405	25	80	21	1.5
6406	30	90	23	1.5
6407	35	100	25	1.5
6408	40	110	27	2
6409	45	120	29	2
6410	50	130	31	2.1
6411	55	140	33	2.1
6412	60	150	35	2.1
6413	65	160	37	2.1
6414	70	170	39	3
6415	75	180	42	3
6416	80	190	45	3
6417	85	200	48	4
6418	90	210	52	4
6419	95	225	54	4
6420	100	250	58	4

附表 6.2　圆锥滚子轴承(摘自 GB/T 297—1994)

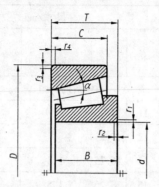

轴承代号	尺寸/mm							
	d	D	B	C	T	r_{1smin} r_{2smin}	r_{3smin} r_{4smin}	α
02 系列								
30203	17	40	12	11	13.25	1	1	12°57′10″
30204	20	47	14	12	15.25	1	1	12°57′10″
30205	25	52	15	13	16.25	1	1	14°02′10″
30206	30	62	16	14	17.25	1	1	14°02′10″
30207	35	72	17	15	18.25	1.5	1.5	14°02′10″
30208	40	80	18	16	19.75	1.5	1.5	14°02′10″
30209	45	85	19	16	20.75	1.5	1.5	15°06′34″
30210	50	90	20	17	21.75	1.5	1.5	15°38′32″
30211	55	100	21	18	22.75	2	1.5	15°06′34″
30212	60	110	22	19	23.75	2	1.5	15°06′34″
30213	65	120	23	20	24.75	2	1.5	15°06′34″
30214	70	125	24	21	26.25	2	1.5	15°38′32″
30215	75	130	25	22	27.25	2	1.5	16°10′20″
30216	80	140	26	22	28.25	2.5	2	15°38′32″
30217	85	150	28	24	30.5	2.5	2	15°38′32″
30218	90	160	30	26	32.5	2.5	2	15°38′32″
30219	95	170	32	27	34.5	3	2.5	15°38′32″
30220	100	180	34	29	37	3	2.5	15°38′32″

续附表 6.2

轴承代号	尺寸/mm							
	d	D	B	C	T	r_{1smin} r_{2smin}	r_{3smin} r_{4smin}	α
03 系列								
30302	15	42	13	11	14.25	1	1	10°45′29″
30303	17	47	14	12	15.25	1	1	10°45′29″
30304	20	52	15	13	16.25	1.5	1.5	11°18′36″
30305	25	62	17	15	18.25	1.5	1.5	11°18′36″
30306	30	72	19	16	20.75	1.5	1.5	11°51′35″
30307	35	80	21	18	22.75	2	1.5	11°51′35″
30308	40	90	23	20	25.25	2	1.5	12°57′10″
30309	45	100	25	22	27.25	2	1.5	12°57′10″
30310	50	110	27	23	29.25	2.5	2	12°57′10″
30311	55	120	29	25	31.5	2.5	2	12°57′10″
30312	60	130	31	26	33.5	3	2.5	12°57′10″
30313	65	140	33	28	36	3	2.5	12°57′10″
30314	70	150	35	30	38	3	2.5	12°57′10″
30315	75	160	37	31	40	3	2.5	12°57′10″
30316	80	170	39	33	42.5	3	2.5	12°57′10″
30317	85	180	41	34	44.5	4	3	12°57′10″
30318	90	190	43	36	46.5	4	3	12°57′10″
30319	95	200	45	38	49.5	4	3	12°57′10″
30320	100	215	47	39	51.5	4	3	12°57′10″

附表 6.3　推力球轴承(摘自 GB/T 301—1995)

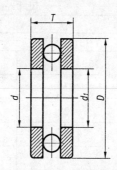

轴承代号	尺寸/mm			
51000 型	d	d_1	D	T
12、22 系列				
51200	10	12	26	11
51201	12	14	28	11
51202	15	17	32	12
51203	17	19	35	12
51204	20	22	40	14
51205	25	27	47	15
51206	30	32	52	16
51207	35	37	62	18
51208	40	42	68	19
51209	45	47	73	20
51210	50	52	78	22
51211	55	57	90	25
51212	60	62	95	26
51213	65	67	100	27
51214	70	72	105	27
51215	75	77	110	27
51216	80	82	115	28
51217	85	88	125	31
51218	90	93	135	35
51220	100	103	150	38

续附表 6.3

轴承代号	尺寸/mm			
51000 型	d	d_1	D	T
13、23 系列				
51304	20	22	47	18
51305	25	27	52	18
51306	30	32	60	21
51307	35	37	68	24
51308	40	42	78	26
51309	45	47	85	28
51310	50	52	95	31
51311	55	57	105	35
51312	60	62	110	35
51313	65	67	115	36
51314	70	72	125	40
51315	75	77	135	44
51316	80	82	140	44
51317	85	88	150	49
51318	90	93	155	52
51320	100	103	170	55
14、24 系列				
51405	25	27	60	24
51406	30	32	70	28
51407	35	37	80	32
51408	40	42	90	36
51409	45	47	100	39
51410	50	52	110	43
51411	55	57	120	48
51412	60	62	130	51
51413	65	68	140	56
51414	70	73	150	60
51415	75	78	160	65
51417	85	88	180	72
51418	90	93	190	77
51420	100	103	210	85

附表 6.4　与滚动轴承配合的轴和外壳孔的形位公差(摘自 GB/T 275—1993)

基本尺寸/mm		圆柱度 t				端面圆跳动 t_1			
		轴颈		外壳孔		轴肩		外壳孔肩	
		轴承公差等级							
		0	6(6X)	0	6(6X)	0	6(6X)	0	6(6X)
大于	到	公差值/μm							
	6	2.5	1.5	4	2.5	5	3	8	5
6	10	2.5	1.5	4	2.5	6	4	10	6
10	18	3.0	2.0	5	3.0	8	5	12	8
18	30	4.0	2.5	6	4.0	10	6	15	10
30	50	4.0	2.5	7	4.0	12	8	20	12
50	80	5.0	3.0	8	5.0	15	10	25	15
80	120	6.0	4.0	10	6.0	15	10	25	15
120	180	8.0	5.0	12	8.0	20	12	30	20
180	250	10.0	7.0	14	10.0	20	12	30	20
250	315	12.0	8.0	16	12.0	25	15	40	25
315	400	13.0	9.0	18	13.0	25	15	40	25
400	500	15.0	10.0	20	15.0	25	15	40	25

表 6.5　配合表面的表面粗糙度(摘自 GB/T 275—1993)

轴或轴承座直径/mm		轴或外壳孔配合表面直径公差等级								
		IT7			IT6			IT5		
		表面粗糙度/μm								
大于	到	Rz	Ra		Rz	Ra		Rz	Ra	
			磨	车		磨	车		磨	车
	80	10	1.6	3.2	6.3	0.8	1.6	4	0.4	0.8
80	500	16	1.6	3.2	10	1.6	3.2	6.3	0.8	1.6
端面		25	3.2	6.3	25	3.2	6.3	10	1.6	3.2

参 考 文 献

[1] 中华人民共和国国家标准.技术制图与机械制图[S].2 版.国家技术监督局,1999.

[2] 刘朝儒,彭福荫,高政一.机械制图 [M]. 4 版.北京:高等教育出版社,2001.

[3] 李澄,吴天生,闻百桥.机械制图[M].北京:高等教育出版社,2000.

[4] 周鹏翔,刘振魁.工程制图 [M].2 版.北京:高等教育出版社,2000.

[5] 赵大兴,李天宝.现代工程制图教程[M].武汉:湖北科学技术出版社,2002.

[6] 冯开平,左宗义.画法几何与机械制图[M].广州:华南理工大学出版社,2001.

[7] 钱可强.机械制图[M].北京:化学工业出版社,2001.

[8] 刘小年,刘振魁.机械制图[M].北京:高等教育出版社,2000.

[9] 王其昌.机械制图 [M] .2 版.北京:机械工业出版社,1998.

[10] 焦永和.机械制图[M].北京:北京理工大学出版社,2003.

[11] 郑家骧,薛广兰.画法几何及工程制图[M].济南:山东科学技术出版社,1995.

[12] 康博创作室.AutoCAD2005 使用大全[M].北京:清华大学出版社.2006.